KB028009

내가 좋아하는 것들, 집밥

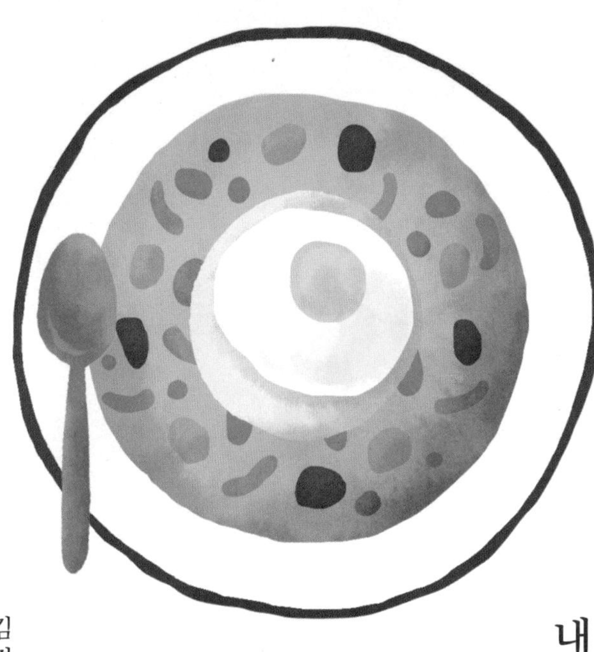

내가 좋아하는 것들 집밥

김경희 지음

006

스토리닷

따뜻하고 정성스러운 음식으로 배가 채워지면
몸과 마음에 온기가 느껴졌다.
20쪽

재료가 가진 본연의 맛을 살려 요리하는 것을 좋아한다.

35쪽

금방 끓인 카레를 밥 위에 올려놓고 비벼 먹으면
건강해지는 기분이 드는 것은 나뿐이던가.
45쪽

별 모양을 닮은 연보라색의 가지 꽃을 본 적이 있을까.

63쪽

“언니가 밥상 차려놨어. 점심시간에 잠깐 집으로 들러.”
92쪽

전과 부침개를 부지런히 만들어 먹었던 것은
우울했던 나를 지켜낸 슬기로운 방법이었다.
107쪽

농부의 딸로 자랐고, 농부의 며느리 노릇까지 하다 보니
그런 생각은 더욱 깊어졌다.
119쪽

갓 지은 밥에 쪽파김치나 부추김치를 올려놔서
먹기만 해도 든든하다.
157쪽

봄이면 레몬으로, 여름이면 도라지, 가을이 되면 모과와 유자로
겨울이면 생강과 댕유자로 차를 만들었다.
173쪽

푸른 새벽, 도마 위에서 나는 칼질하는 소리를 들으면
이상하게 마음이 차분해진다.
191쪽

차례

나오며 어쨌거나 시작하고 본 집밥

그저 집밥이 좋을 뿐이에요

나는 집밥 애호가다. 반찬 가지 수가 적어도 집밥을 짓고, 먹는 것을 좋아한다. 요리를 정식으로 배우거나 시간이 많은 것도 아니다. 결혼 20년 차, 육아 19년 차에 아직 직업 현장에서 버티고 있다. 주변에서는 일 다니면서 애들 챙기고 집안일까지 하느라 힘들 테니 좀 쉽게 살라고 한다. 더운 날까지 미련하게 땀 쏟지 말라며 아예 괜찮은 반찬가게 번호를 건네는 이도 있었다.

그런데도 나는, 이왕이면 집밥을 먹어야 한다는 생각에 싱크대 앞을 벗어나지 못하고 종종거리고 있다. 왜 그런 걸까? 지금부터 사적인 그 이야기들을 풀어놓으련다. 그러니 이 책에서 집밥에 대한 구체적인 메뉴와 요리법을 기대하셨다면 당황스럽거나 실망스러울지 모르겠다.

이야기를 시작하기에 앞서, 내 이야기가 동시대를 살아가는 엄마와 아내들에게 부담이나 상처가 되지 않았으면 좋겠다. 일하면서 혹은 육아를 전담하면서 손맛까지 요구받는 엄마와 아내들이 나를 비롯한 우리 주변에 많음을 잘 알기 때문이다.

집밥을 좋아하지만 요리하는 사람도 행복해야 한다고 생각한다. 그러니 돈 주고 사 먹는 것이 나쁘다고 생각하지 않으며 나 또한 '집 밖의 밥'을 가끔 즐긴다. 이 글을 읽는 누군가가 경험해 보지 못했던, 그래서 받을 수 없었던 보살핌이 떠올라서 아프거나 괴로워하지 않았으면 좋겠다. 중요한 누군가를 원망하지도 않았으면 한다.

나의 경우 다행히 친정어머니의 손맛이 좋았다. 결혼하고 나서는 해녀였던 시어머니가 다양한 해산물로 집밥을 해주셔서 어깨너머로 배울 기회가 많았다. 두 어머니처럼 계량컵 같은 부엌살림 없이 대충 눈짐작으로 따라 하는데도 비슷한 맛이 느껴지니 요리가 재미있었다. 차츰 TV 프로그램이나 인터넷에 떠도는 요리법도 따라 하며 맛을 흉내 냈다. 하지만 내가 만든 음식을 먹어본 지인들이 요리법을 물어오면 구체적으로 설명하지 못한다. 매번은 아니지만 할 때마다 미세하게 다른 맛이 나는 것을 솔직히 고백한다.

코로나19로 집밥 열풍이 불고 있다. 그런데 한국인의 식생활에서 집밥 비중은 계속 줄고 있다고 하니 아이러니다. 밥하는 시간 부족과 식자재 준비의 어려움 등 여러 이유로 집밥 없는 집밥 시대가 계속되지 않을까 싶다. 특히 집에서 온라인 수업을 듣는 자녀들을 건사하면서 끼니를 챙겨야 하는 엄마에게 집밥 타령은 반갑지 않았을 테다. 그러므로 집밥을 엄마나 아내가 해주는 밥이 아니라 '내가 하는 밥'이라고 생각하면 좋겠다.

주로 엄마와 아내들이 짊어지던 집밥의 무게를 아빠와 남편이 나눠 가졌으면 한다. 그리하여 부부가 평등하게, 혹은 요리하기를 더 선호하는 배우자가 음식 장만을 하고 다른 배우자가 그 밖의 집안일을 더 맡아주기를 간절히 바란다. 가령 아내가 요리할 때 설거지와 청소는 남편이 하면 어떤가. 그런 모습을 자연스레 아들딸이 보고 같이 식탁을 차리고 집안일에 참여하면서 양성평등의 작은 실천들이 이루어질 것이다.

집밥 애호가가 되다

제주 중산간 마을에서 가난한 농사꾼의 칠 남매 중 넷째로 태어났다. 출생 순서로 딱 중간이라 존재감이 별로 없었다. 농사일에 바쁜 부모님을 대신해 언니들이 나와 동생들을 챙겼고, 나도 손을 보태야 했다. 뻔한 살림에 자식들이 많으니 먹거리 장만이 어려울 법도 했겠지만 엄마는 우영팟(텃밭)에서 나는 재료를 가지고도 뚝딱뚝딱 집밥을 만들어냈다.

엄마가 한 솥 가득 해준 수제비나 잡곡밥을 형제들과 같이 먹던 기억, 밭일이 바빴지만 비 오는 날이면 부침개나 튀김을 만들어 놓고 우리를 기다리던 엄마, 우영팟에 오리를 기르며 알과 고기를 장만해서 먹이던 아빠까지, 그 시절 부모님의 사랑을 느꼈던 추억을 떠올리면 신기하게도 모두 먹거리에 대한 기억이다.

정서적 결핍감인 마음의 허기를 채우는 방법이 저마다 다른데, 나는 따뜻하고 정성스러운 음식으로 배가 채워지면 몸과 마음에 온기가 느껴졌다. 이것이 맞벌이하면서 육아를 해야 하는 바쁜 상황에서도 집밥을 중요하게 생각하는 첫 번째 이유다.

두 번째 이유를 찾자면 서른아홉에 찾아온 암이라는 녀석 때문이다. 성격만큼이나 예민한 몸뚱이를 갖고 있었던 게 그나마 다행이랄까. 미세하게 통증이 느껴져 병원을 찾았는데 유방암 1기였다. 부랴부랴 대학병원에서 수술을 받고 호르몬 억제 치료와 방사선 치료를 받았다. 겉으로는 괜찮은 척, 덤덤한 척했지만 젊은 나이에 암에 걸린 것이 잘못된 식습관이나 생활환경 때문인 것 같아 괴로웠다. 혼자 운전대를 잡고 가다가 눈물보가 터지기도 했다.

유방암은 젊을수록 재발 확률이 높다고 했다. 덜컥 겁이 났다. 아직 어린아이들을 두고 떠날 수도 있다 생각하니 두려웠다. 그리하여 음식 장만하는 것과 식이요법에 매달리기 시작했다. 종종 먹던 햄이나 소시지, 간편 조리제품을 치우고 식자재도 되도록 지역의 농수축산물을 썼다. 지역 농가를 수소문해서 제철 재료로 음식이나 간식을 장만하며 아이들과 먹는 것에 집중했다. 그렇게 아이들과 잘 먹고 지내다 보니 어느덧 완쾌 판정도 받았다. 내년 여름이면 수술한 지 만 십 년이 되고, 당시 열 살이던 첫째는 스무 살이 된다.

음식 장만을 어렵게 생각하지 않은 것도 한몫했다. 음식을 만드는 것은 맛은 둘째 치고 기본적으로 손이 많이 가는 작업이다. 장을 봐서 재료를 준비하고 손질 후 알맞게 조리해서 식탁에 내놓기까지의 과정은 말이 쉽지 그야말로 먹일 사람에 대한 애정 없이는 하기 어렵다. 그만큼 시간과 노동, 정성이 들어가야 하니 요즘같이 바쁜 세상에 아예 엄두를 내지 못하는 사람들도 많다. 집밥을 해 먹던 사람들마저 장을 보고 재료를 손질하는 데 들어가는 비용과 시간을 계산해보고는 외식이나 배달 음식 등 집 밖의 밥으로 갈아타는 경우도 많이 봤다.

또한 일찍부터 부엌에 드나들던 경험 덕분에 다른 사람들보다 집밥이 수월했다. 집안 형편상 초등학생이 되면서 부엌일이나 밭일을 거들어야 했다. 처음에 엄마는 이것저

것 음식을 만들면서 재료 손질을 돕거나 간을 보게 했다. 식구 중에 가장 먼저 엄마가 해놓은 음식을 맛보거나 먹는 기회가 주어졌는데 그게 어찌나 좋던지. 음식을 먹는 것도 좋았지만 짧게나마 엄마를 독차지할 수 있어 좋았고, 재료를 다듬으면서 중간중간 흥얼거리는 엄마의 노랫소리를 듣는 것도 나쁘지 않았다. 엄마가 밥 짓는 시간을 지켜보며 가슴 따뜻해졌던 것처럼 내 아이들과도 집밥을 먹으면서 시간과 추억을 오롯이 공유하고 싶은 마음이 커졌다.

집밥 하는 마음

두 아이를 키우며 직장에 다니는 일은 생각만큼 쉽지 않았다. 특히 아이들이 어렸을 때는 24시간 긴장의 끈을 놓을 수 없는 도돌이표 생활이었다. 직장에서는 일이 나를 반겼고, 퇴근해서는 아이들과 밀린 집안일이 기다리고 있는 삶. 물론 충분히 예상했던 것들이지만 육아와 집안일은 해도 해도 끝이 없었다. 친정 언니들이 아이들을 낳고 잘 다니던 회사를 왜 그만두었는지 그 심정을 깊이 알게 되었다.

아이 둘 낳고 경력을 쌓는 일과 육아 중에서 무엇을 선택해야 할지 심각하게 고민했다. 하지만 말단 공무원인 남편이 “우리 형편에 혼자 벌어서 아이 둘을 키우기가 쉽지 않겠다. 당신은 그 일을 하려고 전공도 바꾸어 석사학위까지 땄는데, 그만두는 것이 아깝지 않겠냐?”고 했다. 더욱이 그즈음 기다리던 정규직이 되었기에 망설일 수밖에 없었다. 얼마 후 팀장이 되었을 때는 더욱 그만두지 못했다.

반면에 남편은 비교적 자유로운 생활을 했다. 둘째가 10개월 무렵 서울을 거쳐 강릉으로 발령받아 만 2년을 지내다 왔고, 큰애가 중학생이 되자마자 다시 서울로 가서 3년 반이 지난 고등학교 1학년 여름방학에 돌아왔다. 나에게 전문성 운운하며 사표를 쓰지 못하도록 할 때는 언제고, 국가직이라 순환 근무해야 할 차례가 오면 마다하지 않고 냉큼 잘도 가버렸다.

남편과 같이 생활할 때도 육아와 집안일을 알아서 해결해야 하는 경우가 많았다. 남편은 주말에 시부모님이 하는 농사일을 거들러 시골집으로 가야 했고, 주중에도 자기 일로 바빴다. 퇴근 후 운동하고 저녁을 먹으러 간다거나 동료들과 술 한 잔 마시고 간다는 문자가 퇴근 무렵 자주 왔다. 지금은 그러려니 하지만 그때는 이 문제로 많이 다퉜다. 남편은 좋아하는 운동을 코로나19로 하지 못하자 올해 봄부터 색소폰을 배우러 다닌다. 성취 지향적이고 활동적인 성향이라 결혼 초부터 지금까지 밖으로 나돌고 있다.

그러니 육아나 집안일에 요령이 필요했다. 우선 꼭 필요하다고 생각하는 것 중심으로 했다. 아이들이 어릴 때 일하는 엄마로서 집중했던 것은 식사 준비와 먹이고 씻기기였다. 아이들이 기어 다니며 손에 닿는 건 아무거나 입으로 가져가는 시기가 지나자 정리와 청소는 당연히 후 순위로 미뤄졌다. 건너뛰고 지나갈 때도 많았다. 퇴근 후 어린이집에서 아이들을 데리고 오면 손과 얼굴만 씻기고 놀게 했다. 빨래는 애들이 잠든 밤중이나 이른 아침에 했고, 정리정돈과 청소는 남편이 일찍 들어오는 날에 전담시키기도 했다. 이마저도 애들을 재우다 같이 잠이 들기 일쑤여서 하지 못할 때가 더 많았다.

그러면 남편과 떨어져 지낼 때는 어떻게 했냐고? 당연히 안 했다. 아니 못했다. 그래서 어린 조카들이 집에 오면 "이모 집에 폭탄이 떨어진 거예요? 어디다 발을 디뎌요?"라고 물어보기도 했다. 지금도 청소나 정리정돈 등의 살림에는 도통 자신이 없다. 남편이 안 치운다고 뭐라 하지만 각자 선호하는 일을 맡아 하면 된다. 청소나 정리정돈에 소질이 없다는 걸 남편이 수용하고 빨리 포기하기를, 그래서 잔소리가 줄기를 바랄 뿐이다.

청소와 정리 대신 나는 좋아하는 음식을 장만했다. 아이들 이유식을 빨리 끊고, 유치가 돋은 후에는 푹 익혀서 저염식으로 반찬과 국을 준비했다. 큰아이는 브로콜리를 좋아해서 삶은 물까지 마시기도 했고 돌이 지난 둘째가 내가 먹으려고 갖다 놓은 마농지(풋마늘대로 만든 장아찌)를 잡고 먹다가 손가락 피부가 헤어지기도 했다. 아이들이 예닐곱 살이 된 후에는 골고루 먹게 되어 음식을 장만할 때도 선택의 폭이 넓어졌다.

엄마가 해준 음식을 먹고 차츰 맛있다 맛없다 평도 해주는 아이들 덕에 더 열성적으로 집밥을 준비했다. 초등학교 중학년이 되면서 자극적인 매운 음식도 가리지 않고 먹게 되자 음식을 장만하는 기쁨과 만족감은 더 커졌다. 무엇보다 알싸한 청양고추를 썰어놓을 수 있게 되어 요리의 깊이가 더 깊어졌다고 할까. 살림의 고수는 일찌감치 포기했으니 오늘도 집밥의 고수가 되기를 꿈꾼다.

마농지 먹어 봅데강

제주어로 '마농'은 마늘을 뜻하고 '지'는 지역에 따라 '지시'라고도 하는 장아찌로, 마농지는 주로 6월 이후 수확한 마늘로 담근 장아찌를 말한다. 여기서 이야기하려는 마농지는 3월에서 4월 초까지 자란 연한 풋마늘대를 잘라 담근 것이다. 만드는 방법도 간단하다. 풋마늘대를 씻고 잘라 물기를 빼고 통에 담고서는, 그 위로 간장과 식초, 맛술, 설탕, 물을 함께 끓인 절임 장물을 만들어 붓기만 하면 된다. 하루나 이틀 후부터 바로 먹을 수 있다.

제주에서는 거기에다 무말랭이나 노란 콩을 볶아 같이 넣기도 한다. 그러면 꼬들꼬들했던 무말랭이와 딱딱한 노란 콩이 시간이 지날수록 장물을 머금고 통통해지면서 식감이 부드러워진다. 이렇게 발효된 마농지 국물은 생선조림을 만들 때 넣으면 감칠맛을 더하고 입맛이 없는 여름에는 찬물에 말은 밥 위에 올라가는 반찬이 되었다. 어렵던 시절 제주 사람들이 먹던 촐래(반찬) 중의 하나인데 간간한 짠맛이 입맛을 돌게 하고 고기나 기름진 음식을 먹을 때 곁들여 먹으면 느끼함도 줄여주었다.

예전에는 반찬이 많지 않았으니 봄에 마농지를 담가 항아리에 두고 먹었다. 냉장고가 없던 시절 항아리 속에 보관해 둔 것을 여름에 꺼내 보면 너무 숙성되어 장물이나 마농지가 시커멓게 변해있었다. 그 마농지를 버렸을 것 같지만 엄마는 물에 헹구고 찢어서 참기름이나 들기름에 볶아 깨를 솔솔 뿌려 도시락 반찬으로 싸 주었다. 엄마만 그런 게 아니라 당시 제주 사람들은 먹을 것을 귀하게 생각해 허투루 버리지 않았다. 볶은 마농지 반찬은 물에 헹구어서 짠맛도 줄고 담백한 감칠맛이 났다. 냉장고가 보급된 이후에도 얼마간은 볶은 마농지가 도시락 반찬 단골 메뉴로 등장했지만 질리지 않았다. 한 가지 단점이라면 잘게 찢었기에 이에 자꾸 끼었다.

그런데 이 마농지를 우리 아이들도 좋아했다. 엄마로서는 아이들이 짠 반찬을 좋아하게 된 계기가 울 수도 웃을 수도 없다. 직장에 다니느라 아이 어렸을 때는 불가피하게 양가의 도움을 받아야 했다. 아이들이 지금까지 건강하게 자란 것은 양가 부모님 덕분이다. 남편이나 내가 휴가를 내지 못할 상황이거나 육지 출장이라도 가는 날에는 잠깐씩이라도 돌아가면서 두 분 어머니와 언니들의 도움을 받아야 했다. 수두 같은 전염성 질환들이 유행할 때면 역시나 염치 불구하고 어머니들에게 잠깐씩 맡겼다. 그때 할머니 밥상에 오른 마농지 반찬에 아이들이 호기심을 보였고 양가 할머니들이 물에 헹궈서 밥과 함께 먹이셔서 돌 무렵부터 맛을 알아버린 것이다.

그 이후에는 하도 달라고 떼를 써서 그냥 먹였다. 둘째 아이가 아직 말을 잘하지 못하던 때였다. 더럽다고 만지지 말라는 뜻으로 "지지해, 만지지 마." 하면 장아찌를 준다는 말로 알고 내 손을 잡고 냉장고 앞으로 갔다. 그러고는 달라는 뜻으로 두 손바닥을 펼쳐 내미는데 그 모습에 배꼽 빠지게 웃었던 적도 있다. 어느 날인가에는 손에 들고 빨아 먹다 엄지와 검지 손가락 피부가 헤어지기도 해서 얼마간은 마농지를 치워두기도 했다.

지금도 고3, 중3인 아이들은 고기를 먹을 때면 꼭 마농지를 찾는다. 마농지가 없으면 다른 장아찌라도 달라고 한다. 나 역시 냉장고에 깻잎지나 양파지, 고추지, 방풍나물지 중 하나가 있어야 마음이 든든해진다. 피곤하거나 아파서 집밥을 하지 못할 때나, 속에 탈이 나서 흰죽을 쑤어 먹을 때도 장아찌 하나만 있으면 밥이든 죽이든 한 그릇 거뜬히 먹을 수 있어서다. 마농지, 먹어 봅데강?(먹어보셨어요?) 한번 먹어봅써. 이래 봬도 요즘 인기라는 비건식이랍니다.

비 오는 날의 기름 냄새

어릴 때부터 주룩주룩 비가 내리는 날을 좋아했다. 비가 오면 엄마가 밭에 나가지 않고 종일 집에 있다는 단순한 이유에서였다. 이것저것 밀린 집안일을 하는 엄마를 옆에서 보기만 해도 좋았다. 엄마를 졸졸 따라다니며 반찬 만드는 것도 보고 김치 재료를 장만하고 양념을 버무리는 것도 보면서 맛을 보았다. 엄마의 손맛은 동네에 소문이 날 만큼 좋았기에 무얼 만들어도 맛있었다.

지금은 식당이나 장례식장에서 경조사를 치르지만 예전에는 집에서 손님을 받았다. 음식을 잘하는 젊은 엄마는 며칠 전부터 섭외 1순위였다. 음식을 하러 경조사가 있는 동네로 갔다 돌아올 때면 저녁에는 신문지나 비닐봉지에 엄마가 했던 요리가 들려있었다.

운이 좋으면 비 오는 날 낮잠 잘 때 엄마 옆에서 잘 수 있어 좋았다. 엄마 곁에 누워서 빗소리를 들으며 잠이 드는 것도 좋았고, 엄마가 가수 이미자 님의 <동백 아가씨>를 흥얼거릴 때 구슬픈 노랫소리를 듣는 것도 좋았다.

헤일 수 없이 수많은 밤을
내 가슴 도려내는 아픔에 겨워
얼마나 울었던가 동백 아가씨

그리움에 지쳐서 울다 지쳐서
꽃잎은 빨갛게 멍이 들었소

처마에서 떨어지는 낙숫물 소리도 정겨웠다. 그러나 엄마의 팔을 놓고 어린 동생들과 경쟁하다 져서 엄마 가까이 눕지 못할 때는 엄마 다리라도 붙들고 누웠던 애처로운 기억도 있다.

초등학교에 다니면서는 비 오는 날에도 학교에 가야 해서 씁쓸했다. 그래도 집으로 돌아오는 길에 기름 냄새를 맡을 수 있어 위로가 되는 때도 있었다. 가난한 농부의 집에서는 먹을거리가 귀했고 과자를 사줄 형편도 아니었다. 그래서 밀가루 반죽에 고구마나 감자, 부추, 쪽파, 고추를 숭덩숭덩 썰어 넣거나 그마저도 없을 때는 신김치를 헹궈 잘게 썰어 넣어 부침개나 튀김을 만들어 주셨다. 그 기름 냄새가 비 오는 날 더 멀리까지 느껴졌다. 동네 어귀에 다다르면 걸음이 자연스레 빨라졌다.

서둘러 집으로 들어가면 좁은 부엌에서 '곤로(풍로)'에 프라이팬을 놓고 부침개나 튀김을 만드는 엄마가 계셨다. 어린 동생들이 그 둘레에 쪼그리고 앉아 엄마가 나눠주는 따끈한 간식을 받아먹고 있었다. 그 풍경은 너무나 평화로웠다. 나도 어느새 동생들 곁에 앉아 따끈한 엄마의 사랑을 먹었다.

나중에 나이가 들어 엄마에게 여쭤봤다.

"엄마, 우리 어렸을 때 비 오는 날은 모처럼 쉬고 싶었을 텐데 왜 부침개며 튀김을 계속 만들어 줬던 거야?"

"다른 집 아이들은 과자나 간식들을 사줘서 먹는데, 밥만 먹고 다니는 너희들이 안쓰러워서. 그때는 너희들 배불리 먹일 생각만 하면 쉬지 않아도 힘이 났어. 그나마 밀가루로 만들 수 있어서 다행이었지."

일을 하면서 두 아이를 키우는 엄마가 되니 친정엄마의 심정을 조금은 알 것 같다. 바쁜 일상과 형편 때문에 좋은 것을 사 먹이거나 해주지 못하는 상황이 미안했겠다. 하지만 정성을 다해 만든 소소한 집밥과 간식을 자식들이 맛나게 먹는 모습을 보며 스스로 힘을 얻으며, 어쩌면 더 치열하게 엄마의 자리를 지켜냈으리라.

적당히 인색한 사이에요

장을 보고 재료를 다듬고 손질하는 일은 살짝 귀찮다. 하지만 그 귀찮음을 매번 감수하게 하는 것은 집밥에 대한 열정이다. 이는 밥을 하는 재미보다 맛있게 먹을 생각으로 샘솟는 경우가 많다. 물론 내 새끼들이 잘 먹을 거란 확신이 들면 더 맹렬히 손이 움직여진다.

식구 많은 친정에서 엄마가 하는 걸 보고 배워서 그런지 어려서부터 먹을 것을 장만할라치면 넉넉하게 만들었다. 그런 모습을 보고 친정엄마는 오히려 손이 커서 큰며느리감이라고 칭찬을 해주었다. 그 말대로 진짜 큰며느리가 됐다. 아이를 낳고 푸짐하게 만들어 먹다 보니 내 몸도 후덕해졌다. 그래도 부족한 것보다 넉넉히 해서 나눠주는 것이 좋다.

재료가 가진 본연의 맛을 살려 요리하는 것을 좋아한다. 어려서부터 우영팟(텃밭)에서 나는 제철 채소로 뚝딱 한 상 차려내는 엄마의 모습을 보며 자라서, 값은 조금 나가더라도 지역에서 나는 농산물을 되도록 쓰려고 했다. 하지만 유독 인색해지고 아끼는 재료가 있다. 깻가루와 참기름이다. 깻가루와 참기름은 사실 거의 모든 음식에 들어가니 항상 필요하고 가격도 절대 소박하지 않다.

몇 년 전까지 친정 부모님이 참깨 농사를 지으셨다. 참깨는 5~6월에 파종을 해서 잡초를 뽑으며 키운 다음 8월 말 즈음 수확한다. 더운 여름날 수확하고 나서도 한참이나 볕에 말리고 터는 수고롭고 힘든 작업을 해야 한다. 깨 대를 베어 단으로 묶고 세워서 건조해야 했다. 깻단을 거꾸로 잡고 일일이 털어내야 조금씩 얻을 수 있다. 그런데 수확을 할 수 있는 8월에서 9월까지가 제주는 태풍이 자주 올라오는 시기인데 비라도 올라치면 세워서 널다가 다시 가림막을 치거나 덮어서 젖지 않게 해주어야 한다.

더운 여름날 수확하는 작업 중에 어느 하나 쉬운 게 없다. 손이 많이 가는 작업이라 어려서부터 싫어했던 농사일 중의 하나다. 혼자되신 친정엄마가 몇 년 전까지 하다 무릎이 아파서 중단했다. 주말에 가서 도와드리기도 했지만 힘에 부쳤다.

참깨 수확의 번거로움과 수고로움을 알고 있으니 나의 집밥에는 깻가루나 참기름이 허투루 쓰이지 않는다. 찔끔 넣거나 웬만해서는 안 넣는다. 티브이 프로그램을 보면 깻가루나 참기름을 듬뿍 뿌리는 장면이 나오는데 마음이 불편하다. 많이 소비하는 게 농부들을 돕는 일일 수도 있겠으나, 직거래가 아닌 이상 농부들에게 돌아가는 이익도 크지 않다는 걸 일손을 도와드리며 알아버렸기 때문이다. 농작물 중에 귀하지 않은 게 어디 있겠는가마는 내가 아는 것 중에 참깨가 가장 귀하고 소중하다. 귀한 노동의 수확이라는 걸 알기에 앞으로도 고소한 깻가루와 참기름 사용에는 인색한 사람이 되겠다.

가을이 오는 낌새를 주변의 다양한 모습에서 찾을 수 있겠지만, 나는 요즘도 참깨를 수확해서 묶인 깻단이 도로변에 세워진 모습을 보면 가을이 오는 것을 실감한다. 깻단이 세워진 모습을 보면 참깨 농사를 짓느라 뙤약볕에서 종종거리며 땀 흘렸을 농부가, 돌아가신 친정아버지가 생각나 가슴 한쪽이 아려온다.

가을 도로변에

도로변에 깻낭들이 줄 맞춰 서 있네

뉘 집 깻낭인고
깻낭을 묶어 놓은 솜씨가 야무지네

고운 참깨를 주인에게 내어주고
감귤낭 밑으로 고단한 몸 누이겠구나

수능 도시락 메뉴를 3년 전부터 정했습니다

큰아이 중3 때였다. 그해 수능이 불수능이라는 뉴스가 나오자 저녁밥을 먹던 첫째가 갑자기 난감한 표정을 지었다.

"엄마, 난 수능 때 미역국을 먹고 싶은데 어쩌지? 미역국이 소화도 잘되고 좋아."

"먹고 싶으면 미역국을 싸가야지."

"괜찮겠지? 괜히 미역국 먹고 수능 망치는 거 아니야?"

"에구, 수능 망친 걸 미역국 탓하려고 하냐? 네 실력 탓을 해야지."

"그래야겠지, 헤헤."

옆에서 가만히 듣던 둘째가 끼어들어 한술 더 뜬다.

"난 미역국 말고 몸국(돼지고기와 뼈 등을 함께 푹 끓인 후 해조류인 모자반을 넣는다)이나 접짝뼈국(돼지고기 등뼈와 갈비뼈를 넣어 푹 끓인 후 무와 배추 등 채소를 넣어서 만든다)으로 싸 줘. 외할머니가 해준 거면 더 좋겠지만 우리가 가는 식당에서 사다가 싸줘도 돼."

어이가 없어서 웃었다. 누가 들으면 내년에 수능 볼 수험생처럼 진지해서 더 웃겼다. 첫째는 3년 뒤, 둘째도 6년 뒤에나 보게 될 수능 날 도시락 메뉴를 꽤 진지하게 생각하니 그 엉뚱함이 재밌었다.

눈치챘겠지만 우리 아이들은 평소에도 먹는 걸 좋아하고 중요하게 생각한다. 즉석 음식보다는 집밥이나 향토 음식이라 불리는 토속적인 먹거리를 좋아했다. 그 후 얼마 뒤에 큰아이가 고등학교 지원서를 썼는데 첫 번째 선택 기준이 급식이 맛있는 학교인가였다. 그래서 집과는 상당한 거리임에도 기어이 급식이 맛있다고 소문난 학교로 지원했다.

소문대로 급식이 아주 맛있다고 자랑하며 1학년을 보냈지만 2학년부터 영양사 선생님과 조리사 선생님들이 바뀌어서 급식이 예전 같지가 않다고 시무룩했다. 어느덧 고3 수험생이 되어서는 미역국보다 소고기 뭇국에 볶음밥이 낫겠다고 했다.

먹는 것에 이렇게까지 진심인 아이들을 보며 나의 어린 시절이 생각났다. 나 역시 먹는 것을 좋아했지만 속도가 느려 부모님 애간장을 녹였던 적이 많았다. 엄마는 유독 느리게 먹는 내가 언니들과 오빠, 심지어는 동생들에게 먹을 것을 뺏기고 배고파할 것을 염려하셨다. 저녁 밥상머리에서는 매번 빨리 먹으라고 다그치거나 혼내셨는데 나는 또 그게 서러워 울곤 했다.

어느 날 울고 있는 나를 장독대로 따로 불러서는 귀한

청사과를 몰래 쥐여 주셨다.

"밥상 치워서 배고프지? 네가 미워서 혼내는 게 아니야. 형제들은 많은데 너처럼 먹다가는 다 뺏긴다. 빨리 먹는 연습 해서 밖에 나가서도 네 몫은 야무지게 찾아 먹어라."

엄마가 나만 미워한다고 오해했던 서러움이 눈 녹듯 사라지고 눈물 콧물 쏟은 후 먹은 풋사과가 너무나 달던 기억이 난다. 그 이후로 조금씩 빨리 먹으려 했고 사춘기가 되어서는 오빠나 동생들에게 뒤지지 않는 속도로 음식을 먹어 치웠다.

어려운 시절에 바쁜 중에도 부지런히 먹을거리를 장만하고 하나라도 더 먹이려 애쓰던 엄마의 마음을 보고 자랐다. 그 덕분에 나도 아이들에게 부실하게 먹고 다니지 말라고 가르쳤고, 밖에서 일하면서도 아이들이 챙겨 먹을 수 있도록 반찬들을 해놓는 열성(?) 엄마가 되었다.

그때 먹었던 풋사과의 기억 때문인지 풋사과를 보면 친정엄마가 생각난다. 입덧이 심하던 때도 간절히 풋사과가 먹고 싶었다. 지금도 풋사과가 나오는 칠팔월이면 한 봉지씩 사다가 한입 가득 상큼함을 베어 물곤 한다.

카레, 이보다 더 완벽할 수 없다고

시어른들의 농산물 판매를 돕는 1월과 2월에는 아침에 택배사에 들렀다가 출근해야 했다. 그날도 된장국 끓이는 걸 마무리 못 하고 나와야 할 상황이었다. 오랜만에 남편에게 부탁했다.

"여보, 딱새우 넣고 끓이고 있으니 된장이랑 마늘 풀고 배추 넣어줘."

"잠깐, 어떤 된장으로 넣어야지?"

"얼마 안 남은 통에 있는 것으로."

"그냥 떠서 넣기만 하면 되는 거지?"

"아니! 애들이 된장 알갱이 굵으면 잘 먹지 않으니 거름망에 넣고 잘 풀어서 넣어줘."

현관 중문을 나서는 나를 몇 번이나 불러서 세우며 물어왔다. 마치 된장국을 처음 끓이는 것처럼.

이럴 때 정말 밉다. 아내가 주중에는 직장 일로, 주말에는 시집 일까지 거드는데도 집밥하는 것을 당연하게 생각하고 이따금 한 번씩 집밥을 맡아서 할 때면 일일이 물어오거나 모른 척 대충하려는 남편의 태도가 말이다. 가족들을 위해 차려내는 한 끼 밥상은 무엇보다 정성이 들어가는 것임을 음식을 하면서 제발 느끼기를 바라지만 이것도 내 욕심인가 보다.

신혼 때부터 느낀 것이지만 맞벌이를 하는데도 집안일을 같이 해 달라고 하면 남편은 마지못해 하면서도 생색을 냈다. 집안일, 자녀 양육과 교육 등을 아직도 아내의 몫으로 생각하는 남편의 고리타분한 가부장적 가치관과 태도는 쉽게 바뀌지 않았다. 직장의 젊은 아빠들이 살림과 육아를 공동으로 분담하는 사례를 귀에 딱지가 앉게 말해도 달라지지 않았다. 그래서 다투기도 많이 했지만, 아이들이 스스로 앞가림을 할 나이부터는 그냥 체념했다.

나와 마찬가지로 남편도 고등학생 때부터 결혼 전까지 자취를 했다. 웬만한 국이나 찌개를 끓일 줄 안다. 심지어 맛도 그런대로 괜찮다. 단지 먹을 기회가 자주 없을 뿐이다. 결혼 전부터 결혼하면 음식을 하지 않겠노라 선전포고를 한 터였으나 당시에는 심각하게 생각하지 않았다. 하지만 아이들이 자라고 식사량도 많아지자 주중에는 아침과 저녁, 주말에는 세 끼를 챙기는 게 만만찮은 노동이 되었고 부담이 되었다.

그래서 주말에는 매번 반찬을 하는 게 귀찮아서 순두부찌개나 카레를 종종 한다. 둘 다 채소와 고기가 들어가니 아이들에게 한꺼번에 먹일 수 있어서 더없이 좋은 메뉴라고 생각한다. 해물이 없어도 다지거나 잘게 썬 고기를 넣고 신김치를 헹궈서 자잘하게 썰어 넣어 순두부찌개를 끓이면 다른 반찬 없이도 밥이 술술 넘어간다.

또한 작은 큐브 모양으로 고기를 썰어놓고 볶다가 당근, 호박, 가지, 양파 등의 채소와 가끔은 사과까지 넣으면 모양도 귀엽고 맛 좋은 카레가 뚝딱 완성된다. 썰어놓을 고기가 없으면 햄이나 소시지, 캔 참치를 활용해도 괜찮다. 금방 끓인 카레를 밥 위에 올려놓고 비벼 먹으면 건강해지는 기분이 드는 것은 나뿐이던가. 하지만 남편은 카레를 끓이면 구시렁댄다.

"또 카레야? 난 카레 싫다고, 먹을 게 없잖아."

"먹을 게 왜 없어? 카레 속에 고기랑 채소가 듬뿍 있잖아. 이보다 완벽할 수 없다고."

"내가 싫어하는 거 알면서."

"싫으면 직접 해 먹어. 난 이제 쉴 테니."

그러면 남편이 주방에 들어가 시위라도 하듯이 직접 해 먹는다. 바로 라면을! 라면도 그냥 라면이 아니다. 집에 있는 양파나 배추, 대파도 썰어 넣고 해물이 있으면 해물까지 넣은 일품 라면이다. 이보다 더 완벽할 수 없는 카레를 앞둔 아이들과 내가 군침이 돌게 말이다.

느슨한 화해는 마파두부로

부부싸움을 크게 한 후 이전까지 해오던 것들이 하루아침에 하기 싫어졌다. 남편과 다툰 이튿날 새벽에 일어나 선전포고를 했다.

"이젠 당신이 아침 준비하고 차려. 아이들 먹을 거 만들고. 난 지쳐서 못하겠으니."

그래 놓고 다시 침대로 들어가 좀 더 누워 있다가 씻으러 욕실에 들어가 버렸다. 반찬을 만들지도 식사 준비도 하지 않으니 시간이 여유로워 안 하던 출근 화장까지 곱게 하고는 택배사에 들른 후 출근했다. 나중에 아이들에게서 전화가 왔다.

"엄마, 왜 일찍 출근했어? 출동이었어? 아침에 아빠가 깨워 주고 아침 차려주던데?"

"아니야. 할아버지 일 처리할 게 있어서 일찍 나왔어. 시골에 택배 작업하러 다녀와야 하니 저녁도 아빠랑 같이 먹어."

아내의 노고를 당연하게 생각하는 남편에게 서운했지만 난 어른이고 이왕 시작한 일, 시부모님이 애써 지은 한 해 농사를 잘 마무리하고 싶어 남은 농산물을 매진시켰다.

남편에게서는 사과를 받지 못한 채 3주가 지났다. 그러던 중에 내 생일이 다가왔다. 남편이 하루 전날 퇴근길에

꽃다발과 케이크를 사서 말없이 나에게 건넸다. 평소에는 지나갈 일이었지만 기어코 한마디 해버렸다.

"당신은 내가 뭘 원하는지도 모르면서 물어보지도 않니? 내 생일이면 내가 원하는 것, 좋아하는 것으로 선물해야 받는 사람도 기쁘지. 그리고 선물이 중요한 게 아니지, 또 어물쩍 넘어가려고?"

"아, 아빠 센스는 정말! 엄마는 프리지어 꽃이랑 요플레 케이크 좋아하잖아. 다음부터는 나랑 같이 가."

분위기가 심상찮음을 눈치챈 둘째가 애써 분위기를 바꿔서 남편도 나도 입을 다물었다. 그리고 애들이 자러 간 늦은 밤, 남편은 나를 거실로 불러내더니 사과를 했다.

"미안해. 내가 농담으로 한 말이 당신에게 상처가 될 줄은 몰랐어. 내가 어떡하면 풀릴까?"

"물론 그 말도 상처가 됐고 당신의 손님 근성도 싫고 강 건너 불구경하는 식의 태도도 싫어. 난 지쳐서 더는 못하겠어."

"당신이 고생하는 거 알지. 표현을 잘 못해서 그렇지, 항상 고마워하고 있어."

"언제까지 표현을 못 한다고만 할 거야. 크게 표현하래, 일상에서 배려하고 생각해 주라고. 우리가 공동으로 생활

하는 집안일이나 살림은 도와주는 게 아니라 당신도 해야 하는 거잖아. 애들 돌보는 일도 그렇고. 애들에게는 주도적으로 주체적으로 살라 하면서 당신은 유독 집안일이나 살림, 육아에 대해서는 어땠는지 생각해봐."

"알았어, 노력할게. 이젠 같이 식사 준비할 거고 시장도 봐 오고 집안일도 할게."

밤늦도록 대화가 이어져 갔다. 그동안 쌓였던 서운한 감정들을 꺼내놓는 자리여서 간간이 눈물도 터져 나왔다. 그래도 후련했다. 그동안 부부싸움이 잦았지만, 마음이 상한 남편이 소리를 지르거나 자리를 떠나 버리는 상황이 연출돼 길게 대화가 이어지지 못했다. 육아나 애들 교육에 관해서 의견이 충돌할 때도 들을 준비가 안 된 남편을 붙잡고 말해봐야 감정의 골이 더 깊게 파일 건 불 보듯 뻔한 일이라 입을 다물게 됐다. 그러나 이번에는 남편이 화를 내지 않고 들으니 대화가 길게 이어졌다.

늦게까지 대화하다가 잠들어서 다음 날 아침 생일이었는데 늦잠을 잤다. 다행히 직장에 휴가를 낸 상황이라 여유롭게 부엌으로 나왔다. 미역국과 마파두부가 만들어져 있었다. 게다가 생일 축하하고 미역국과 마파두부를 만들고 출근하니 아이들과 맛있게 먹고 마음 풀라는 남편의 문자가 와 있었다. 남편이 혼자 이른 아침에 아침밥을 준비하고 나간 거였다. 나도 모르게 "풋" 하고 웃음이 나왔다. 결혼생활 처음으로 내 생일에 아침상을 받은 거였다. 늦은 밤까지 울면서 하소연한 보람이 있었다.

아이들과 늦은 아침을 먹었다. 다 먹고 나서 아이들이 함박웃음을 지었다.

"엄마, 아빠 솜씨가 점점 나아지고 있는데? 오늘은 아빠가 한 것 중에 제일 맛있다."

"그러게. 아빠가 안 해서 그렇지, 하면 이렇게 잘하네."

아이들은 부지런히 아빠를 칭찬했다.

그 후 남편은 몇 주 동안 아침에 일어나서 예전처럼 욕실로 직행하는 대신 주방으로 향했다. 아이들이 먹을 반찬거리와 국, 찌개 등을 같이 만들거나 하다못해 식자재 손질이라도 도와주었다. 가끔 장도 혼자 봐왔다.

지금은 약발이 떨어져서인지 당시만큼 하지 않는다. 하지만 본가로 일하러 가지 않는 주말에는 남편을 주방으로 불러낸다.

"여보, 나 마파두부 먹고 싶어."

"아빠, 난 아빠가 만든 짜장 소스에 밥 비벼 먹고 싶어."

그러면 남편은 마지못해 주방으로 나오면서 나에게 임

무를 준다.

"준비할 게 많더라고, 당신은 채소 손질부터 도와줘."

양파와 대파를 다듬고 썰어줘라, 전분을 꺼내라 등등 지시가 많다. 그 정도는 혼자 알아서 준비하면 안 되나 속으로 구시렁대다가도 이 정도로 노력하는 것이 어디냐고 고쳐 생각한다. 그러곤 기분 좋게 재료 손질을 도와준다. 언젠가는 재료 준비부터 완성까지 혼자 하는 날이 올 것이라는 집밥의 큰 그림을 그려두며.

먹다 남은 반찬과 김만 있으면 만들어요

성장기 아이들을 위한 집밥을 만들다 보니, 어쩔 수 없이 고기와 채소를 같이 먹을 수 있는 메뉴를 자주 찾았다. 그래서 카레나 순두부찌개 말고도 볶음밥이나 김밥 등도 자주 해서 먹었다. 특히 김밥은 김만 있으면 다양하게 만들 수 있는 메뉴라 주먹밥과 함께 자주 해주었다.

아이들이 어린이집 현장체험을 가는 날이면 큰손답게 스무 줄을 싸기도 했다. 당일 아침 식사로 가족들이 집에서 먹을 몇 줄과 친구들과 나눠 먹으라고 꼬마김밥을 넉넉히 몇 줄을 말고, 선생님들이 먹을 김밥도 몇 줄, 그리고 내가 가져갈 점심 도시락까지 몇 줄 말다 보면 금방 스무 줄이 되었다. 시판되는 김밥용 김은 열 장씩 포장이 기본이라서 항상 두 봉지가 들어갔다.

그러다가 본격적으로 김밥을 말게 된 계기가 있었다. 큰아이가 초등학생이 되자 방학만 되면 혼자 점심을 해결해야 하는 상황이 온 것이다. 지금처럼 맞벌이 가정을 위한 돌봄이 확대되지 않아 아이 혼자 밥을 먹어야 했다. 음식을 해놓는 것은 문제될 게 없었는데, 데우기 위해 가스불을 켜거나 전자레인지를 돌려야 하는데 잘할 수 있을까 하는 염려, 혹시나 손을 데지 않을까 하는 걱정에 쉽사리 메뉴를 정하기가 힘들었다. 그래서 선택한 것이 처음에는 유부초

밥이나 주먹밥이었다.

그러나 며칠 지켜보니 질린다며 남겼다. 생각해보니 영양 면에서도 부족한 듯싶었고 아이가 채소까지 골고루 먹는 식습관을 유지하는 데도 한계가 있어 보였다. 그래서 선택한 것이 김밥이었다. 우선 속 재료를 다양하게 넣을 수도 있으니 다양한 채소까지 골고루 먹게 할 수도 있었다. 거기에 단백질과 미네랄, 각종 비타민까지 풍부한 김까지 먹는 것이라 안심이 되었다.

아이도 유부초밥이나 주먹밥보다 김밥을 잘 먹었다. 그래서 방학에는 졸린 눈을 비비며 아침밥을 준비하면서 점심으로 먹을 김밥까지 싸두고 출근했다. 매일 조금씩 속 재료를 바꿔가면서 싸느라 신경이 쓰이긴 했지만 손에 익숙해지니 할 만했다. 그래서 1학년부터 3학년까지는 여섯 번의 방학 동안 김밥이 한결같은 점심 메뉴였다.

우선 김밥에 들어갈 재료로 단무지, 우엉은 시판되는 것으로 구입했다. 전날 저녁 단무지는 물기를 제거하고 키친타월에 싸서 냉장고에 넣어뒀다. 우엉은 아무것도 두르지 않은 프라이팬을 달구고 가볍게 볶아주는데 수분이 날아가면서 식감은 더 아삭해졌다. 식혀서 냉장고에 넣어두고 오이는 가운데 씨가 있는 부분을 제거하고 길게 잘라줬다.

당근은 길게 채 썰어서 소금을 살짝만 뿌려 기름에 볶고, 맛살은 길게 잘라주고 어묵과 고기, 햄 등은 길게 썰어 볶아줬다. 삶은 시금치나 부추 등은 선택적으로 넣었다.

물론 이 재료들이 없다고 크게 걱정할 필요가 없다. 김과 갓 지은 밥만 있다면 냉장고에 있는, 남아 있는 반찬통을 열어보시라. 반찬도 없다면 김치통을 뒤져 시큼한 김치 쪼가리나 묵은지라도 찾아보자. 햄이나 참치 통조림만 있어도 환상적인 김밥을 만들 수 있다.

우선 갓 지은 밥을 스테인리스 그릇에 옮겨서 한 김 식히고 깻가루와 소금, 참기름을 넣어 잘 섞는다. 햄은 길게 잘라서 같이 볶는다. 캔에 들어있는 햄도 김밥 위에 올릴 때 이어서 놓아주면 되니 길게 자른다. 그리고 묵은지나 김치를 물에 잘 헹구고 길게 자르거나 찢은 다음 프라이팬에 기름을 살짝 둘러 볶아준다. 기름 대신 캔 참치 국물을 부어 볶아도 된다.

김치 신맛이 강하면 물에 잘 헹구고 볶아주는 게 중요한데 이때 설탕을 조금 넣고 볶으면 신맛이 희석된다. 볶을 때도 너무 센 불에 김치가 탈 수 있으니 중간 불에서 짧은 시간 볶으면서 뒤적거려 수분이 빨리 없어지게 하는 것이 중요하다. 수분이 없게 볶았다면 우선 재료 준비는 끝났다.

이제 김밥을 말면 되는데 김말이 발에 김을 깔고, 양념해서 식혀둔 밥을 얇게 편 다음 준비한 재료를 그 위에 잘 깔아주면 된다. 이때 주의할 점이 있는데 왕 김밥을 만드는 것이 아니라면 밥은 펼친 김의 삼분의 이 정도만 까는 것이 좋다. 그리고 밥 위에 씻어 물기를 빼둔 깻잎을 두 장 펴서 이불처럼 깔아주고 속 재료를 그 위로 깔아준다. 깻잎 향이 입맛을 돋우는 역할도 하지만 혹시나 재료에 남아 있던 수분이 밥과 김에 전해져 눅눅해지는 것을 막아주고 기온이 올라가는 계절에는 빨리 상하는 것을 막아준다. 만약 깻잎도 없다면 반으로 자른 김을 써도 된다. 아이들은 매일매일 속 재료가 무엇인지 기대하며 속 재료에 따라 김밥 이름을 불렀다.

다양한 김밥 말기는 사실 친정엄마에게 배운 방법이다. 엄마는 농사일로 바쁜 시기에도 소풍을 가는 봄과 가을로 김밥을 부지런히 말아야 했다. 김밥 속 재료로 노란 달걀 지단에 부추나 시금치, 당근, 단무지만 들어갈 때가 많았지만, 소풍날을 기다리며 전날 밤잠을 설치던 그 시절이 또렷이 기억에 남아 있다.

일어나자마자 김밥을 마는 엄마 옆에서 꽁다리를 얻어

먹는 즐거움이 컸는데, 어쩌다가 기다란 분홍 소시지가 등장해 주면 정말 좋았다. 요즘 아이들이 햄을 좋아하는 것만큼이나 분홍 소시지를 좋아했다. 고기도 아닌 것이 고기 비슷한 맛이 나고 빛깔도 예쁘고 부드럽기까지 했으니 분홍 소시지는 별미였다. 소시지를 두껍게 썰어 볶으면 좋으련만 엄마는 항상 얇게도 썰었다.

자식들 숫자만큼이나 도시락을 싸야 했으니 항상 김밥 재료가 부족했다. 그러면 엄마는 참기름과 깻가루, 소금을 넣고 양념한 밥을 김 위에 펴고는 단무지와 함께 집에 있는 반찬들을 즉석에서 넣고 말아줬다. 그러면 그날 아침 밥상에는 마농지 김밥도 나오고 김치김밥도 나왔다. 멸치볶음이 있는 날엔 멸치김밥으로.

원래 고슬고슬하게 갓 지은 밥에 깻가루와 소금과 참기름만 뿌리고 잘 섞어서 김에만 싸 먹어도 맛나는데 볶은 김치나 마농지를 넣었으니 더 풍미가 있었다. 이마저도 아껴서 아침에는 꽁다리로만 먹고 나머지는 점심 도시락으로 싸고 등교를 할라치면 가슴이 부풀던 시절이었다. 까마득한 초등학교, 중학교 시절인데도 이렇게도 기억이 선명한 걸 보면 어른인 내게도 김밥이 힐링 푸드인가 보다.

버섯 가지 깐풍기와 가지 피자

암이 생긴 후 몸에 좋은 음식 재료를 많이 찾았다. 그중에서도 가지는 흔한 채소면서도 약용식물이었다. 어렸을 때 자주 먹던 채소였는데 의외로 몸에 좋은 성분들이 많았다. 항산화작용을 하는 폴리페놀 성분 중에서 안토시아닌이 풍부하고 비타민과 섬유질, 무기질 등이 들어있다고 한다. 조리 시에는 기름을 넣는 것이 비타민 섭취에도 도움이 된다.

쉽게 구할 수도 있고 가격도 착해서 여름이면 밥상에 자주 올렸다. 고기를 볶거나 구울 때도 자연스레 같이 넣어주고 가지전이나 가지볶음으로도 만들었다. 하지만 아이들의 젓가락은 가지 반찬 접시로 잘 움직이지 않았다. 풍미가 있는 것도 아니고 식감도 마음에 안 든다고 했다. 나의 어릴 때를 보는 듯했다. 그래서 궁여지책으로 자잘하게 썰어서 볶음밥이나 카레에 다른 재료들과 섞어 넣었다. 그러면 마지못해 먹었지만 즐기지 않았다. 다른 가지 요리는 손도 대지 않아 혼자 먹어야 했다.

가지는 우영팟(텃밭)에서 여름철이면 흔하게 보는 작물이었다. 주렁주렁 보랏빛으로 달린 가지가 오이만큼 흔했다. 엄마는 탐스러운 보랏빛 가지를 숭덩숭덩 썰어 튀김이나 전 요리에 쓰거나, 나물로 무치거나 볶아주셨다. 튀김이나 전 요리에 들어가는 가지는 그런대로 먹을 만했지만 무침이나 볶음요리는 물컹거리는 식감과 함께 시간이 지나면서 흐물흐물해지는 모습이 먹음직스럽지 않았더랬다. 그래서 겉모습은 화려하지만 익히면 별로 먹고 싶지 않은 채소로 여겼다.

얼마 전부터 연로하신 양가 부모님들이 심을 엄두를 하지 못하셔서 자주 볼 수도 없었는데 작년과 올해 가지를 실컷 봤다. 직장 근처에 낡고 오래된 아파트 단지 화단에서였다. 낮에 산책하는 코스 중의 하나인데 수종이 다양한 오래된 나무와 꽃들이 많아 점심을 먹고 30분 정도 걸으면 볼거리가 풍성했다.

특히 나의 눈을 즐겁게 하는 것들은 농작물이었다. 상추, 고추, 부추, 쪽파, 호박, 가지까지 다양한 작물이 계절의 흐름대로 심겨 있고 누군가의 손길로 잘 자라고 있었다. 흐뭇한 마음마저 들었다. 그중에서도 반질반질하게 윤이 나면서 통통한 가지와 보랏빛 별 모양의 가지꽃을 오랜만에 보게 되어 반가웠다. 몇 년 사이 나는 진심으로 가지를 좋아하는 사람이 되어 있었다. 가을까지 꽃을 피우면서 여름보다는 못한 작은 열매를 영글어내는 모습은 탐스럽기까지 했다.

가지를 맛있게 먹을 방법이 없을까 고민하다 버섯 가지 깐풍기와 가지 피자를 만났다. 버섯 가지 깐풍기는 인터넷을 검색하면서 따라 해 보았는데 의외로 어렵지 않았다. 생표고버섯과 가지는 제주에서 일 년 내내 쉽게 구할 수 있는 재료였다. 생표고버섯을 키우는 농장들이 많고 가지도 초여름부터 따뜻한 초겨울까지 수확해 저온저장을 해서 사계절 장만할 수 있었다.

우선 생표고버섯과 가지는 한입 크기로 조각내고 전분가루를 묻혀 기름에 가볍게 튀겨냈다. 그리고 홍고추, 청고추(청피망으로 대체 가능), 양파 등을 잘게 썰어 준비했다. 달군 프라이팬에 기름과 마늘을 넣고 볶다가 썰어놓은 양파, 홍고추, 청고추를 넣고 볶아주었다. 거기에 간장과 매실청, 꿀(없으면 요리당, 조청 등으로 대체 가능)을 비슷한 비율로 넣고 볶아준 다음 마지막으로 튀겨놓은 버섯과 가지를 같이 넣고 가볍게 볶아주었다.

버섯 가지 깐풍기를 내놓으니 아이들이 맛있다며 자주 해달라고 했다. 생표고버섯과 같이 튀긴 것이 평소에 먹기 싫어하던 가지였다는 것을 알고 흥분하면서 가지가 맛있어졌다며 엄지척을 내밀었다. 자주 해달라는 요청도 잊지 않았다. 그래서 별식이 필요한 날이면 버섯 가지 깐풍기를 해주었다. 주중에는 야간 자습 때문에 아침만 집에서 먹는 고등학생 큰아이를 위해서 이른 아침부터 준비하기도 했다. 하는 과정은 복잡하지 않은데 재료를 손질하는 데 시간이 걸리니 서둘러야 했다. 그러다 손가락과 손목을 데기도 했다. 그래도 좋았다. 아이들이 가지가 근사한 요리로 거듭났다고 엄마를 치켜세우기도 했거니와 자식들이 싫어하던 가지를 먹는다는데 이 정도의 수고로움은 감당할 수 있었다.

여러 번 하다 보니 이제는 요령도 생겼다. 만능 간장처럼 소스를 좀 넉넉히 만들어 냉장고에 담아놓고 쓴다. 바쁜 아침 시간에 생표고버섯과 가지만 전분을 입혀서 튀겨내고 미리 만들어 놓은 소스를 꺼내서 쓰면 되니 만드는 시간이 반으로 줄었다.

가지 피자는 가지를 도우로 생각하여 피자를 만드는 것처럼 재료들을 가지런히 가지 위에 올려놓고 오븐이나 에어프라이어에서 구우면 된다. 우선 가지 꼭지를 자르지 않고 얇게 잘라서 부채처럼 펼쳐준다. 그 위로 토마토소스를 바르고 자른 양파와 양송이버섯, 햄 등을 올린 후 모차렐라 치즈를 듬뿍 뿌린다. 그런 다음 에어프라이기에서 170~180도에서 10분 정도 돌려주면 완성된다. 겉모습만 보면 영락없는 피자나 피자도우라고 생각할 수 있는 비주얼이다. 가지 피자는 가볍게 식사 대용이나 아이들 간식용으로 내놓으면 눈과 입이 즐겁다.

별 모양을 닮은 연보라색의 가지 꽃을 본 적이 있을까. 연한 보랏빛의 꽃잎 중앙에는 노란색 수술이 있다. 주로 아래 방향을 향해 피는 꽃이라 지나치기 쉽다. 수줍은 듯 보이는 그 꽃의 꽃말이 '진실'이다. 강렬한 겉모습과 다르게 물컹거리는 식감이나 흐물흐물해지는 모습에 실망하지 말고 가지를 먹겠다는, 먹이겠다는 일념으로 다양하게 요리해 보자.

오늘 밤은 혼자 한 잔 하고 싶어

친정아버지를 닮아 술이 그냥 술술 넘어갔다. 집에 항상 소주나 막걸리가 있었지만 중고등학생 시절에는 입에 댈 생각을 못 했다. 그러다가 대학생이 되어 모임 뒤풀이로 술을 마실 기회가 생기자 기다렸다는 듯이 주량을 체크해 나가기 시작했다.

가난한 대학생이라 맥주를 제외한 양주나 와인 등 외국술까지 섭렵하지는 못했다. 맥주는 중간중간 타이밍을 놓치지 않고 일어서서 화장실에 다녀오는 게 번거롭기만 할 뿐 취한 기색 없이 들어갔다. 소주나 막걸리도 웬만한 남자 동기만큼 마셨다. 자신 있게 덤볐다가 낭패를 본 것이 과일주였다. 마실 때는 취한 것 같지 않아서 잘도 들어가더니만 이내 취기가 오르면서 다음 날 두통에 시달렸다. 소주나 막걸리도 따로 마실 때는 탈이 나지 않았는데 1차, 2차 교차로 마신 후에는 숙취로 두통에 시달려야 했다.

결국 몸으로 실험한 결과 한 학기가 가기도 전에 친정아버지와 같은 소주파임을 어렵지 않게 알 수 있었다. 그래서 대학 생활 내내 충실한 소주파로 활동했고 사회생활을 하면서도 마찬가지였다. 참하게 생긴 외모에 소주를 좋아하니 반전 매력이 있다고 직장 언니들이 놀리기도 했다.

반면 소개로 만난 남편은 나보다 주량이 약했다. 술을

마시면 금방 얼굴이 빨개지면서 홍당무를 지나 불타는 고구마가 되었다. 그래서 남편 친구들을 만나는 자리에서 흑기사를 자청하기도 했다.

그러다가 결혼을 했는데 두 달 만에 아이가 찾아왔다. 경사였지만 이내 입덧으로 고생하기 시작했다. 먹는 것 없이 쓴물을 토해내면서 술과 커피 생각이 너무나 간절했다. 하지만 임신과 출산, 수유 기간 동안 참았다. 아니 솔직히 말하면 유혹을 이기지 못하고 아주 가끔 묽게 탄 커피와 종이컵으로 반 잔 정도의 맥주는 입으로 털어 넣었다고 하면 나쁜 임산부였다고 손가락질하려나. 물론 산부인과 의사에게 물어보고 고심 끝에 한 행동이었다. 마시지 않는 게 제일 좋겠지만 마시지 못해 임산부가 스트레스를 받으면 그 또한 태아나 신생아에게는 나쁘다고 했다. 그래서 견디기 힘들 때 아주 가끔 소량만 입에 댔다.

드디어 수유 기간이 끝나고 마음껏 술을 마실 수 있게 되자 예전처럼 마실 수 있을 것이라 기대하고 술잔을 기울였다. 하지만 임신과 출산, 수유 기간을 지나며 이전과 다른 몸과 호르몬 때문에 술을 예전처럼 받아들이지 못했다. 주량이 몰라보게 줄어 있었다. 금세 취기가 올라왔다. 비슷한 입장의 언니들과 마실 때는 이야기와 분위기에 취하면서 천천히 마실 수 있어 좋았는데, 남성들과의 술자리는 곤혹스러워지기 시작했다. 예전과 다르게 속도전을 맞출 수가 없게 된 것이다.

그래서 차츰 집에서 술을 마셨다. 순정 소주파에서 맥주나 과일주까지 다양하게 넘나들었다. 남편과 함께 비파주와 매실주, 벌집주까지 담가서 먹기 시작했다. 그중에 향이나 맛이 가장 좋은 것이 비파주였다. 비파가 노랗게 익고 매실도 익어가는 유월이면 바빴다. 비파와 황매실을 따서 깨끗이 씻고 물기를 빼고서는 큰 병이나 유리 단지에 넣고 과일주용 술을 부어놓는다. 석 달 후 과일주가 익을 무렵 손님들을 초대해 비파주를 내가면 애주가들은 환호했다. 잔에 따르면 새어 나오는 향에 한 번 환호를 하고 술잔을 넘기면 목으로 내려가는 향과 부드러운 술맛에 감탄했다. 그래서 비파주는 금세 동이 났다.

향에 있어서 비파를 따라가지 못하지만 매실주도 그런대로 마시기가 좋았다. 벌집주는 약성은 높지만 단맛이 강하고 술이 독해서 한 잔 이상 비우기가 어려웠다. 맛있는 반찬이나 집밥을 하고 나서 찾게 되는 과일주나 소주, 맥주는 어느새 중요한 밥상의 벗이 되어가고 있었다.

남편이 다시 다른 지역으로 발령을 받아 혼자 아이들을

돌봐야 할 상황에 놓였다. 한창 예민한 사춘기 두 아이를 혼자 챙기며 일을 한다는 것이 생각처럼 만만치가 않았다. 육체적으로 힘드니 밤에 아이들이 잠든 틈을 타서 혼술을 하는 빈도가 잦았고 뱃살 또한 눈에 띄게 늘어만 갔다. 아이들이 매운 닭발볶음이 먹고 싶다고 하면 '옳다구나' 하고 손질한 닭발을 사다 소스를 만들어 볶아 내주고는 식탁 한 쪽에서 맥주 한 캔을 꺼내 안주로 먹었다. 제지할 남편이 없으니 혼술은 늘어갔다. 아이들 간식으로 만들어서 냉동실에 넣어둔 감말랭이를 꺼내 혼자 맥주를 홀짝거려도 행복했다. 직장 일에 집안 일, 애들 챙기는 것까지 도맡아 하는 나에게 주는 위로주였고 보상물이었다.

그러다 남편이 3년 반 만에 돌아왔다. 반주나 혼술을 즐기는 나에게 제동을 걸었다. 반주가 습관이 되면 알코올 중독이 된다고 했고, 청승맞게 혼술하지 말라고 했다. 맞는 말이었지만 그동안의 나의 고충을 외면하는 것 같아 섭섭한 마음이 들었다. 남편은 남편대로 장기간의 타지 생활로 건강이 나빠진 상황이었기에 아내를 진심으로 걱정해준 말들이었다는 걸 머리로는 알았지만 마음으로 받아들여지지 않았다. '분석하기 좋아하는 사람이라 나를 또 평가하고 비난한다.'고 생각하며 많이 다퉜다.

그렇게 다투면서 새롭게 서로 맞추어갔다. 이제는 혼술을 자주 하지 않는다. 속상한 일이 있거나 축하할 일이 생기면 저녁에 반주로 같이 마신다. 코로나19로 자유롭지 못한 상황에서 남편과 저녁에 집밥과 함께 술잔을 기울이는 횟수가 늘었다.

하지만 가끔 남편 없이 혼자 술 마시고픈 밤이 있다. 그러면 식구들이 잠들기를 기다린 후 식탁에서 혼자 소주 한 잔을 마셨다. 혼자 마시는 술이니 부산스러운 안주는 부담스럽다. 시끄럽게 칼질이라도 하다가 잠에서 깬 남편이나 아이들이 도로 거실로 나오면 피곤해지기 때문이다.

소주를 마실 거니 '국물이 있으면 딱인데, 무엇으로 간단히 만들까?' 싱크대 앞을 서성이는데 우연히 된장찌개를 끓이려 딱새우로 육수를 낸 냄비가 보였다. '이거다' 싶었다. 딱새우와 무 조각을 넣고 끓인 육수에 어묵 한 움큼을 썰지도 않고 그대로 넣어 어묵탕을 바글바글 끓여버렸다. 가스 불을 끄고 바로 국 사발에 덜어 식탁에 앉아 국물을 홀짝거리며 소주잔을 기울였다. 맛있었다. 게맛도 나는 것이 깊은 감칠맛이 느껴졌다.

딱새우는 장국을 끓일 때 육수 내기에 안성맞춤인 식재료다. 가시발새우라고도 부르는 데 제주 근해에서 많이 잡

힌다. 연중 구할 수 있지만 살이 통통하게 오르는 겨울이 제철이다. 이때 잡아 급냉해서 팩으로 판다. 된장찌개에 넣거나 육수를 낼 때 쓰려고 구입해서 냉동실에 몇 개씩은 쟁여 놓았다.

그날 이후부터 소주 한 잔 마시고 싶어지면 냉동실에 넣어둔 딱새우 팩을 뜯어 미리 육수를 넉넉하게 만들어 둔다. 이걸 모르는 남편은 딱새우 육수를 보며 다음 날 아침 메뉴가 된장찌개냐고 해맑게 물어온다. 사실대로 말해서 술꾼이라는 핀잔을 들을까 말까.

"정말 좋은 일 하시네요."

직업이 청소년 상담사라고 하면 돌아오는 말이다. 거기다 청소년기 자녀를 키우고 있는 부모들은 하나, 둘인 자식들과도 소통이 어려운데 십대 청소년들과 대화를 해야 하는 직업이니 노고가 많겠다며 짠한 시선을 보내기도 한다.

물론 십대 청소년들과 대화를 나누는 것이 항상 유쾌한 일은 아니다. 자의가 아닌 타의에 의해 상담을 받으러 오면 십중팔구 자신의 이야기를 하지 않는다. 침묵하는 내담자도 많고, 상담자를 자극하면서 간을 보는 경우도 있다. 하지만 아이의 마음을 헤아리면서 기다려주고 시간과 에너지를 들이면 아이들과 상담사 사이에 친밀감이 형성되고 유대감이 생긴다. 상담사가 자신의 이야기에 귀를 기울여주고 존중해 주는 경험을 하니 아이들은 마음의 문을 열게 된다고 했다.

상담하는 과정에서 아이들은 부모나 선생님 말고 상담사라는 어른과의 관계를 경험하게 되는 것이다. 그 어른이 이제껏 만나왔던 어른들과 달리, 잘하는 면을 봐 주고 지지해 주니 무엇인가를 시도해 볼 용기와 힘을 얻는다. 만나는 아이들이 자신을 믿어주고 지켜봐 주는 상담사에게 인정받기 위해서라도 달라지려는 모습을 볼 때면 짠하면서도 반갑다.

아이들에게 선한 영향력을 줄 수 있는 좋은 어른으로 계속 일하고 싶어서 열심히 관련 연수를 찾아다니며 공부도 하고 역량을 키운다. 그래서 사실 비용과 시간이 많이 들어갔다. 배우면 배울수록 비용이 많이 들어서 상담 현장에서 상담심리학은 부르주아 학문이라고 우스갯소리를 한다. 그러니 유능한 상담사가 되려면 배움에 게을리하지 않는 근성과 함께 재력(?)도 필요하다는 걸 일하면서 알게 되었다. 내가 좋아하고 존경하는 한 언니는 모아놓은 돈이 떨어지자 연수를 받기 위해 결혼 예물을 팔아 그 돈으로 연수비를 내기도 했다.

일하면서 끊임없이 배워야 하고 자기 점검을 위해 수련을 받아야 하는 전문직으로서의 심리상담사, 그중에서도 청소년들과 부모가 주 고객인 청소년 상담사는 쉬운 일이 아니다. 전문직인 동시에 고객이 원하는 바를 들어주고 지원해주는 서비스직에 해당한다. 거기에 공적 서비스를 수행하는 기관에 몸담고 있는지라 고객은 클라이언트인 청소년이나 부모 외에도 청소년과 관련된 다양한 기관의 관계자들까지 해당된다. 따라서 주 고객인 청소년과 부모를 돕기 위해서는 당사자와 소통하는 것은 물론 관련 기관의 종사자들과 공무원들과도 시시때때로 소통해야 하는 부담이 있다. 어떤 경우에는 기관 종사자들과 공무원을 상대하면서 진을 다 빼서 에너지가 소진되기도 했다.

또한 온종일 일이 몰려오는 날이 있다. 원래 담당하는 업무라도 시차를 두고 처리할 수 있으면 좋으련만 동시다발적으로 처리해야 하는 상황이 되면 온 신경을 집중해야 해서 몸이 녹초가 되어버렸다. 담당업무뿐만 아니라 팀원의 업무까지 점검하고 챙겨서 같이 해야 하고, 더러는 다른 팀의 업무를 지원해야 하는 때도 있다. 그래서 하루를 하얗게 불태운 날은 빨리 허기가 졌다. 육체의 허기이자 마음의 허기이기도 했다. 퇴근해서 빨리 집밥을 먹고 싶었다. 이런 날은 장을 볼 기운도 남아 있지 않았다. 그래서 많은 시간이 드는 거창한 반찬이 아니라 갓 지은 쌀밥에 따뜻한 소고기미역국 하나만 있어도 위로가 되었다. 소고기는 있고 미역이 없다면 소고기 뭇국도 좋았다.

집에 들어서자마자 손만 씻고 주방으로 들어간다. 쌀을 씻어 밥을 안친다. 이때 쌀뜨물은 버리지 말고 다른 그릇에 받아둔다. 그리고 밥이 될 동안 국을 만들면 된다. 냉장고에 썰어둔 소고기가 있으면 다행이지만 없으면 냉동실을 뒤진다. 구석에 꽝꽝 언 소고기가 얌전히 있다면 마음이 놓인다. 이럴 때를 대비해 장을 본 뒤에 냉동실에 수납할 때 모든 종류의 고기를 나눠서 담아두는 편이다. 한번 해먹을 분량(보통 내 주먹만큼만)으로 나눠서 담아놓으면 나중에 꺼내서 요리할 때 간편하다.

소고기를 찾았다면 전자레인지 해동버튼을 누르고 2분 내외로 돌린다. 해동된 소고기를 가열된 냄비에 넣고 볶는다. 이때 참기름과 간장을 약간 넣고 볶으면 깊은 맛이 난다. 특히 어간장을 넣고 볶으면 감칠맛이 두 배로 깊어진다. 어간장은 가격이 조금 나가지만 국이나 찌개, 나물 무침 등에 넣으려고 떨어지지 않게 사두는 편이다. 참기름이나 어간장은 나중에 넣어도 괜찮지만 소고기를 볶는 단계에서 빼놓지 않는 것이 후춧가루다. 냉장고에 있던 생고기라 해도 고기 특유의 잡내가 날 수 있고 해동하는 단계에서 더 올라왔을 수도 있기 때문이다.

고기가 다 볶아졌다면 쌀을 씻을 때 받아둔 쌀뜨물을 넣고 끓인다. 그 사이 미역을 물에 불리거나, 미역이 없다면 무를 썰어 준비한다. 무는 채 썰어도 좋지만 우리 가족은 얇게 네모 썰기를 해서 끓인 것을 좋아한다. 물이 끓으면 준비해 둔 미역이나 무를 넣고 한소끔 끓여주고, 마지막으로 청양고추 반 개나 한 개를 썰어서 넣어준다. 이렇게 해서 전기밥솥에서 밥이 되는 30분 내외로 국도 완성된다.

만약 국을 끓일 기운도 없다거나 아무리 찾아봐도 소고기가 없다면 국은 과감히 생략해도 좋다. 대신 냉장고에 있는 달걀을 꺼내자. 전기밥솥에서 밥이 되어가는 동안 달걀을 풀고 양파와 쪽파를 다져서 그릇에 담고 새우젓을 커피스푼으로 한 숟가락만 넣어서 달걀찜을 해 보자. 우리집 전자레인지에는 아예 달걀찜을 위한 버튼이 있어서 눌러주기만 하면 된다. 그 기능이 없다면 5분 내외로 돌리면 된다. 이것도 귀찮다면 프라이팬에 기름을 두르고 달걀프라이나 스크램블을 한다. 그러고는 갓 지은 쌀밥에 달걀찜, 달걀프라이나 스크램블을 올려보자. 거기에 간장과 참기름(들기름도 좋다)만 약간 올리고 김치와 먹어보자. 일명 계란 간장밥이다.

내가 어렸을 때 입맛이 없다고 하면 엄마가 해주던 방식이다. 물론 이때는 아궁이에 불을 지펴 솥에 밥을 할 때라, 잔불로 뜸을 들일 찰나에 달걀물 그릇을 솥 한가운데 넣고 뚜껑을 닫기만 하면 계란찜이 완성되었다. 이 계란찜은 원래 아버지의 전용 반찬이었지만 나나 형제들이 입맛이 없거나 아파서 보양이 필요하면 해주던 특식 중의 하나였다. 양파나 쪽파를 넣지 않아도, 새우젓이 없어도 달걀을 풀어 참기름만 넣어 밥의 증기로 만들었는데도 정말 맛있었다. 그때는 쌀도 귀해서 보리나 좁쌀을 많이 섞은 밥에 부드러운 달걀찜을 올려서 먹는 맛이란, 없던 입맛을 불러올 만했다.

요즘도 힘든 날에는 그 시절 먹던 고깃국과 달걀찜 생각이 간절하다. 직장에서 일로 사람으로 치인 속상한 날, 그래서 마음이 요란해지는 날에는 갓 지은 밥과 고깃국을 먹어보자. 달걀찜이나 스크램블을 해서 갓 지은 밥에 달걀을 올려 먹으면 기운이 날 것이다. 그렇게 나 자신을 다독거리자.

돼지고기 수육을 돔베고기라고 불러요

'돔베'는 도마를 일컫는 제주어다. 돔베고기는 삶은 돼지고기를 바로 도마 위에서 썰어 그 자리에서 간장이나 멜젓(멸치젓)에 채소(주로 배추)와 곁들어 먹는 제주식 수육을 말한다. 현재 돔베고기는 지역 음식점에서 자주 접할 수 있는 메뉴다. 지금에 와서는 돼지고기가 흔한 먹거리겠지만 내가 어렸을 때만 해도 자주 먹지 못했다. 동네잔치나 제사, 명절에야 먹을 수 있었다. 아버지는 동네 어른들과 같이 추렴(명절 전에 집에서 키운 돼지를 잡아서 나눈다)에 참여해서 돼지고기를 얻어오셨다. 가끔 형제 중 누가 아파서 보양식이 필요할 때면 읍내에 가서 돼지고기를 장만해 오시기도 했다. 된장을 풀어 넣고 삶은 후 꺼내 도마 위에 올려놓고, 김이 모락모락 나는 수육을 바로 자른다. 자른 고기를 간장에 찍어 배추에 싸서 밥과 함께 먹으면 구수한 맛이 느껴졌다.

수육을 잘라 접시에 담고 따로 밥상을 차려 내가는 사이 고기가 식어서 맛이 떨어질 것을 우려했나 보다. 제주 사람들은 밭이나 바다에서 돌아와서 아궁이에 불을 때서 수육을 삶은 후에 도마 위에서 바로 썰어 먹었다. 큰일을 치를 때도 불을 피워 수육을 만든 후 그 자리에서 바로 먹기에 도마가 요긴했다. 그래서 도마는 다른 지역보다 더 중요한 부엌 살림 도구였고, 혼례나 장례를 치르면서 손님을 대접할 때도 우선 챙겨야 하는 도구였다. 도마 위에서 손님에게 나갈 고기를 써는 직책도 '도감'이라고 해서 아무나 할 수 없었다. '도감'은 손이 빠르면서도 도마 위에서 칼을 잘 다뤄 고기를 적당한 두께로 잘 자르는 마을 사람으로 정했는데, 집주인만큼이나 경조사에서 중요한 역할을 담당했다.

전통적인 제주식 집 구조에는 마루(상방)와 부엌(정지) 사이 밥을 먹는 작은 마루(찻방, 챗방)가 있었다. 평소에는 여기서 상을 차려 밥을 먹는데 고기를 삶는 날에는 형제들이 아궁이 앞을 떠나지 못했다. 김이 폴폴 나는 채로 어머니가 뜨거운 고기를 썰어주면 간장에 찍는 둥 마는 둥 입으로 가져가기 바빴다. 다른 지역에서는 보통 수육을 새우젓에 찍어 먹는다는데, 제주에서는 간장과 소금, 그중에서도 간장에 많이 찍어 먹었다. 아직도 그런 전통이 남아서 수육을 내놓을 때는 기호에 따라 쪽파나 고춧가루, 깻가루, 식초 등을 넣은 간장에 찍어 먹는다. 물론 멜젓이나 자리젓이 있다면 더 금상첨화지만 말이다.

초등학교를 하마터면 한 해 일찍 들어갈 뻔했다. 2월생이라 당시에는 일곱 살에 입학해야 했는데 마침 홍역에 걸려 크게 아팠다. 며칠째 누워 제대로 먹지 못한 탓에 기력이 없었다. 학교 선생님이 가정 방문을 했다가 힘없이 누워있는 나를 보고는 어쩔 수 없이 다음 해에 입학하는 것으로 해주셨다. 그런데 그것이 부모님에게는 속상한 일이었는지 바로 다음 날, 아버지는 읍내에 가서 돼지고기와 돼지뼈를 사 오셨다. 어머니는 고기는 삶아서 수육으로 내놓으시고, 다른 형제들이 먹게 했다. 대신 나에게는 뼈를 가마솥에 푹 끓여서 배추와 무를 넣고 국을 끓여주셨다.

나중에 안 사실이지만 그 뼈는 돼지 뼈 중에서도 얼마 안 되는 접짝뼈(갈비뼈 상단과 가슴 윗부분 뼈)였고, 끓이는 마지막 단계에 메밀가루를 풀어 넣은 접짝뼈국은 고소한 맛이 나면서도 담백했다. 접짝뼈에 얼마 붙어 있지 않은 살코기를 떼어 먹었는데 알맞게 익은 살코기가 입안에서 흔적도 없이 사라지는 게 아쉬워 아주 천천히 먹었던 기억이 있다.

이처럼 형제들이 아플 때 넉넉하지 않은 형편에도 아버지는 읍내로 가서 돼지고기와 뼈를 사 왔고, 어머니는 그것으로 맛있게 특식을 해주셨다. 그래서 나와 형제들은 누군가 아프면 특식을 먹는 날이라고 생각했고 그 특식을 먹고 싶어서 아프다고 꾀병을 부리는 경우도 있었다. 물론 꾀병이 들통나서 등짝을 맞았던 기억도 있다.

집에 냉장고가 없던 시절에는 며칠 동안이나마 보관하려고 추렴한 고기를 된장에 박아두었다. 하지만 우리 집에서는 고기가 상하기 쉬운 여름철을 제외하고는 고깃덩어리(주로 저렴한 뒷다리 부위)를 소금으로 문질러서 끈으로 묶어 바람이 잘 통하는 마루 기둥에 매어두기도 했다. 고깃덩어리 표면을 소금으로 문질러 핏물을 빼고 건조를 시키려던 부모님 세대의 방식이었던 듯한데, 지금에 와서 보니 스페인식 염장고기인 하몽과 저장방식이 비슷했다. 소금을 문질러서 매달아두면 열흘까지도 상하지 않고 먹을 수 있었다고 했다. 기둥에 매달린 고깃덩어리를 보면서 먹을 생각에 설레며 흐뭇하게 바라보던 어린 내가, 식구들 얼굴이 떠올라 반갑다.

아이들을 키우면서 집에서 자주 돔베고기를 만들어 먹었다. 아이들도 수육을 좋아하고 돔베고기 외에 별다른 반찬이 있어야 하는 것도 아니라서 더 자주 해 먹었다. 김장이 아니라도 겉절이나 파김치, 부추김치 등 간단한 김치를 담그는 날도 수육을 삶아 먹었다. 물에 집 된장을 풀고, 커피가루도 넣고, 통마늘과 통후추, 월계수잎도 넣어주고 고깃덩어리를 잘 익게 적당한 크기로 토막 내어 잘 익히면 완성됐다.

아이들이 어렸을 때는 고기가 익을 때까지 부엌에서 진동하는 냄새에 킁킁거리며 신이 났고, 고기가 익었는지 젓가락으로 찔러보는 것도 직접 해 본다고 발을 동동거렸다. 급한 일도 없건만 재촉하는 아이들에게 바로 먹이려고 도마 위에서 면장갑을 낀 채로 뜨거움을 참으면서 먹기 좋은 두께로 잘랐다. 어릴 때는 옆에 서 있다가 바로 얻어먹기도 했지만 커서는 식탁에서 얌전히 기다렸다. 그렇다고 도마 채로 고기를 내가지는 않았다. 투박한 접시에 담고 바로 식탁으로 이동해서 간장이나 장아찌 국물에 찍어 먹었다.

아이들이 고기를 좋아한다면 굽는 조리법 말고 수육처럼 삶거나 찌는 방법이 건강에는 더 낫다. 이왕 집밥을 하기로 마음먹었다면 어떻게 조리하는 것이 몸에 더 좋은 것일까를 궁리하는 것도 좋겠다. 물론 나도 건강을 잃기 전까지는 그냥 지나쳤음을 인정한다. 아파 본 후에는 어떻게 조리하는 것이, 어떤 방법으로 섭취하는 것이 좋을지 찾아보면서 고민을 많이 했다. 내 건강보다 나의 무지로 아이들의 식습관이 어릴 때부터 잘못 형성되어 각종 성인병에 노출될까 봐 염려되어서다.

나를 위한 선물, 점심 도시락

내가 읍내 중학교에 다니면서부터 어머니가 도시락을 싸주셨다. 양은 도시락에 밥과 철 따라 바뀌는 김치와 채소 반찬, 마농지와 콩지가 전부였지만 이른 아침 밭에 나가시기 전에 싸두고 가셨다. 아주 가끔 별찬으로 달걀프라이나 분홍 소시지, 멸치볶음이 얌전히 들어가 있는 날은 학교 가기 전부터 설레었다. 친구들처럼 그런 별찬을 자주 싸가고 싶었지만, 당시에 언니 오빠들이 시내에서 고등학교와 대학교에 다니고 있어 한 푼이라도 아껴야 하는 상황이었다. 집안 사정을 누구보다 잘 아는지라 투정을 부릴 수도 없었다.

대신 우영팟에서 거둬온 다양한 채소들을 다듬거나 손질하는 것을 자처하면서, 김치나 채소 반찬이라도 다양하게 어머니가 싸줄 수 있도록 나름의 협조(?)를 했다. 부추가 자랄 무렵에는 부추김치나 무침으로, 마늘쫑이 나오면 마늘쫑볶음으로, 양파 철이면 양파무침으로, 오이가 열리면 오이무침으로, 감자를 캘 무렵에는 감자조림이나 볶음으로, 쪽파 뿌리가 여물 때면 파김치를 만들 수 있도록 캐거나 따거나 다듬었다.

그러다 보니 조상들로부터 물려받은 수렵과 채집 본능이 깨어났는지, 여름방학 때는 아예 두 살 아래 동생과 함께 한 달 내내 녹두밭에서 녹두 꼬투리를 수확하는 지경까지 갔다. 초등 고학년부터 시작해 중학생 시절 열매나 채소를 채집하고 수확하는 것에 집착력이 생긴 것 같다. 열매를 따기 위해서 나무에 올라가는 것도 작은 체구라서 수월했다. 그러다가 밭담이 무너져 내려 무릎이나 팔꿈치에 흉터가 잔뜩 생겼지만 말이다.

고등학생이 되면서 언니 오빠들과 시내에서 자취생활을 했다. 처음에는 큰언니가 도시락을 싸 주었지만 눈치가 보여 얼마 안 돼 직접 싸기 시작했다. 신김치를 헹궈서 볶거나 시골에서 가져온 어머니의 밑반찬을 싸갔다. 학기 초반에는 시내 아이들이 싸온 반찬을 보며 기가 죽기도 했지만 한 입 먹어보고 모양과 맛은 비례하지 않는다는 걸 알았다. 나도 모르게 어깨가 펴졌다. 같이 도시락을 먹는 친구들이 오히려 내 도시락 반찬을 먹어보고는 모양에 비해 맛있다고, 매일 먹어도 질리지 않는 맛이라고 치켜세우는 통에 으쓱하기도 했다.

3학년이 되어 드디어 모양은 모양대로 맛은 맛대로 훌륭했던 친구의 도시락을 만났다. 평점을 준다면 100점 만점에 99점을 줬을 것이다. 그 친구는 반에서 조용하고 공부를 잘하는 편이었다. 같이 도시락을 먹는 사이가 되니 뜬금없이 고백을 해왔다. 엄마가 싸주시는 반찬 중에 고등학생이 된 후 빠짐없이 등장하는 메뉴가 있는데 이젠 지겹다며 젓가락을 아예 대지도 않는다고 했다. 바로 검은콩조림이었다. 참치나 고등어가 수험생에게 좋다며 번갈아 해주는 것까지는 좋지만 검은콩조림을 집에서나 학교에서나 내내 먹어야 하는 것이 고충이라고 했다. 그러면서 보잘것없는 내 노란콩 마농지와 자주 바꿔먹었다. 친구 엄마는 요리를 잘하기 위해서 조리사 자격증까지 따셨다고 했다. 맛도 맛이지만 친구 엄마의 꾸준함과 성실함, 용의주도함이 느껴졌다. 그래서 복에 겨워 그런다고 핀잔을 주었다.

그러던 어느 일요일, 도서관에서 함께 공부하던 친구가 집으로 가서 점심을 같이 먹자고 했다. 처음 뵌 친구 엄마는 친절하셨다. 그리고 정말 밥상 위에는 다른 반찬들과 함께 검은콩조림 한 접시가 올라와 있었다. 검은콩조림과 함께 다양한 반찬들을 맛있게 얻어먹었다. 친구 엄마는 식탁에 함께 앉아 내 젓가락이 머무는 반찬마다 영양소를 읊어주며 잘 먹어주니 고맙다고 하셨다. 친구는 그만하라고 짜증을 냈지만 돌아오는 길에 그 친구가 진심으로 부러웠다. 공부도 잘하면서 밝은 성격에 나보다 큰 키까지 모두가 정성 들여 만든 엄마의 음식 덕분인 듯했다. 친구 엄마의 밥상을 맛본 이후 친구와 친구 엄마 그리고 친구 엄마가 만든 밥상까지 부러웠다.

그 후에도 친구는 검은콩조림만큼은 나에게 양보해주었다. 친구 엄마가 정성 들여 만든 검은콩조림은 고3 수험생활 동안 내 마음의 허기를 채워 준 반찬이 되었다. 나도 친구 엄마처럼 5대 영양소가 골고루 들어간 맛있는 집밥을 내 아이들에게 먹이겠노라고 마음먹기도 했다.

하지만 일하는 엄마로 살아보니 굶지 않게 집밥을 해서 내놓는 것만도 대단하다는 것을 뼈저리게 느꼈다. 이제 철이 든 딸은 식구들의 수많은 끼니를 챙기려고 엄마가 얼마나 동동거리며 애를 쓰셨을지, 소박한 어머니의 밥상이 얼마나 많은 사랑을 담고 있었는지를 알게 되었다. 그 시절 잠시나마 초라한 어머니와 세련된 친구 엄마를 비교한 철없음을 용서하소서!

대학을 다닐 때는 좀 뻔뻔해졌다. 선배들이 사주는 밥은 사양하지 않았고 남자 선배들 앞에서도 잘 먹는, 내숭과 거리가 먼 여자 후배였다. 도시락을 싸고 싶으면 간단하게 프렌치토스트를 만들어 다녔다. 자취방에 토스트기가 없어서 달걀물에 빵을 적셔서 프라이팬에 부쳤다. 가난한 주머니 사정에는 자판기 커피와 함께 훌륭한 점심이 되어 주었다.

대학에서 근로학생으로 일할 때였다. 교수님과 행정 직원, 셋이 점심 도시락을 펼치고 먹는 자리가 있었다. 토스트를 싸 왔다고 했더니 교수님이 유독 반기셨다. 하지만 바삭한 식감의 구운 토스트를 상상했다며 내가 꺼낸 프렌치토스트를 보고 다소 실망한 듯이 허허 웃으셨다. 괜히 민망해져서 얼굴이 빨개졌다. 한 조각을 드시고는 오랜만에 먹어서 그런지 맛있다고 해주셨지만 이미 빨개진 내 얼굴은 한참이나 그대로였다.

대학을 졸업하고부터는 본격적으로 도시락을 싸서 다녔다. 비정규직의 적은 월급으로 매번 점심을 사 먹을 수 없었다. 밑반찬을 부지런히 만들었다. 같이 살던 두 살 아래 여동생도 내가 차려준 밥상을 좋아했다. 한 달 동안 밥상을 차려준 노동에 보답한다며 월급날이면 양념돼지갈비를 배 터지게 사주었다. 그럴 때는 죽이 척척 잘 맞아서 공깃밥 없이 고기로만 배를 채웠는데, 4~5인분을 뚝딱 해치웠다. 계산하고 나오면서 뒤통수에 사람들의 시선을 느낄 수 있었다. 아마 위대한(위가 거대한) 여자라고 했겠지. 하지만 그 시절 우리는 남의 시선을 의식할 겨를도 없었다. 한 달에 딱 한 번 그렇게 우리만의 파티 내지는 의식을 치

렸고 그 재미로 한 달을 버텼다.

가난한 살림에 오빠와 나, 두 명의 대학생이 있으니 꿈 많던 여동생은 대학 진학을 늦추고 취업을 먼저 했다. 그러다 직장에 다니면서 주경야독하며 야간대학에 다녔다. 여동생은 점심시간에도 동료 직원과 교대로 후다닥 먹고 들어가야 해서 내가 싸준 도시락을 좋아했다. 탕비실에 앉아 허겁지겁 먹는 도시락이어도, 고기반찬 하나 없는 채소 반찬이어도 바쁘고 지친 일상에 힘이 된다고 했다. 그렇게라도 먹을 수 있는 공간이 있으면 다행이었지만 없을 때는 도시락을 들고 가지도 못했다.

착한 동생은 보글보글 끓인 참치김치찌개에 김이 모락모락 나는 갓 지은 쌀밥, 달걀프라이, 멸치볶음만 있으면 세상 부러울 게 없었다고, 그때가 행복했노라 한다. 밥상 앞에서만큼은 늘 환했던 동생의 얼굴을 보고 싶을 때면 지금도 휴무인 날에 문자를 보낸다.

"언니가 밥상 차려놨어. 점심시간에 잠깐 집으로 들러."

한편 내가 다니던 직장에도 탕비실이 있었는데 작은 싱크대에 작은 냉장고, 휴대용 버너, 작은 테이블까지 마련되어 있었다. 정규직 선배들도 도시락을 싸 와서 점심시간이면 좁은 테이블에 도시락 반찬통을 펼쳐놓고 먹었다. 사람이 많을 때면 아예 서서 먹었다. 식구들처럼 허물없이 서로의 반찬통을 탐하는 모습이 좋았다. 순박한 정이 느껴졌다. 내가 만든 멸치볶음, 감자채볶음과 조림, 마늘쫑볶음을 좋아해 주었고, 시골에서 가져온 어머니의 갖가지 김치가 반찬통에서 등장할 때면 젓가락질 속도가 빨라졌다.

도시락을 같이 먹으면서 이내 여자 선배들을 부장님, 선배님이라는 호칭 대신 언니라고 부르게 되었다. 소위 '멋있으면 다 언니(이런 제목의 책이 나와 반갑다)'라고 부르고 싶은 언니들을 이 시기에 많이 만났다. 손맛도 좋지만 손도 커서, 전날 양념에 재워둔 고기통을 싸 들고 와 아예 불판에서 구워주던 부장 언니부터, 안주로 먹을 수 있는 간단한 메뉴들을 잘 만들어 주던 언니, 여름이면 국수나 비빔면, 오이를 사 들고 와서 먹음직하게도 비빔면이나 비빔국수를 삶아주던 언니, 시어머니에게서 공수한 반찬들을 가져와서는 큰 양푼에 놓고 비빔밥을 해주던 언니, 자취생이니 잘 먹어야 한다며 반찬통을 건네주던 언니까지, 먹는 것과 먹이는 것에 진심인 언니들을 만나 팍팍했던 20대의 삶이 다채로울 수 있었다.

조직 내 직급이나 역할이 달랐고 성향도 달랐지만 서로를 챙겨주던 여자들끼리의 연대, 어려운 일이 생기면 소매

걷어붙이고 챙겨주고 돕는 제주공동체적인 모습을 사무실 좁은 탕비실에서 자주 볼 수 있었다. 그때의 멋있는 언니들을 회상하면 가슴 한구석이 따스해져 온다. 그래서 점심 도시락에 더 집착했을 수도 있다.

아이들을 키우면서 정신없이 밥상을 차리고 출근 준비를 하느라 정작 내 아침 식사는 엉성할 수밖에 없었다. 아이들이 남긴 것을 대충 말아 먹거나 급하게 털어 넣다시피 했다. 여유롭게, 나를 위해 먹을 수 있는 시간은 점심시간이었다. 그래서 지금도 외근이 없는 날에는 줄곧 도시락을 싸서 다닌다. 코로나 사태로 예전과 다르게 제자리에서 각자 먹어야 하지만 점심 도시락은 그래서 온전히 나를 위한 선물이 되었다. 다른 누군가가 아닌 나를 위해 만들어서 쌀 수 있는 선물. 나를 위한 매일의 선물을 만들기 위해, 기꺼이 장을 보고 손질하고 요리하는 수고로움도 불사하겠다면 너무 비장한가.

꾸준히 집밥을 해서 먹는 습관을 들이는 데 식자재 비용도 부담이지만 나의 경우는 시간을 확보하는 게 어려웠다. 일하러 가야 하는 처지라 퇴근 후나 출근 전 시간만으로는 재료를 사 와서 손질하기도 바빴다. 특히 아이들이 어릴 때는 부지런히 재료를 사고 손질했어도, 시간이 늦거나 부족해서 '대충해서 먹어야지' 하고 간편한 메뉴나 방법들만 찾았다.

하지만 기왕지사 애써 준비하는데 나와 가족을 위해서 깊은 맛이나 감칠맛을 더하고 싶었다. 가끔 사 먹는 밥처럼 근사하고 특별한 메뉴가 아니더라도 말이다. 매일 먹는 반찬 하나라도 몸에도 좋고 혀도 즐거운 집밥을 만들고 싶은 욕심이 생겼다. 이것저것 시도하기 시작했다. 나에게 시간이 없을 뿐이지 다행히도 미각이 없지는 않았으니까.

외근을 하러 갔다가 주변 식당에서 혼밥을 해야 하는 경우가 간혹 있었다. 집밥을 자주 해 먹어도 남이 해주는 밥은 언제든 환영이다. 하루는 미리 검색해둔 식당으로 향했다.

음식은 빠른 속도로 나왔다. 일본식으로 바싹하게 튀겨진 돈가스와 장국이 같이 나왔는데 그 둘의 조합이 절묘하게 여겨졌다. 두껍게 썬 노란 단무지도 인상적이었고 매콤

한 베트남고추장아찌도 입맛을 돋웠다. 천천히 돈가스와 샐러드, 밥을 남김없이 먹고 계산대로 향했다. 궁금한 것을 참지 못하고 주인에게 물었다.

"장국이 시원하던데 꽃게를 넣어서 끓였나요?"

"꽃게는 비싸서 딱새우를 넣고 끓여요. 또 오세요."

혼밥하러 들렀다가 국물맛의 비결을 찾은 날이었다.

이렇게 '집밖의 밥'을 먹을 기회가 있을 때마다 궁금한 것을 슬그머니 물어보았다가 집에 와서 들은 대로 따라 해봤다. 비슷한 맛이 날 때도 있고, 다른 맛이 나서 당황했던 적도 있다. 자취생활부터 하면 족히 30년 동안 음식을 해온 부심이 스멀스멀 올라왔다가도 정작 음식을 하면서 좌절한 순간이 많았다.

하지만 육수는 비교적 쉽게 따라 할 수 있었다. 정직하게 시간과 정성을 투자하면 되는 일이었다. 감칠맛을 위해서 멸치와 다시마 육수를 내라고 하면 국물용 멸치를 사서 멸치 똥을 다듬고 다시마와 끓였다. 깊은 맛을 위해 버섯 육수를 내라면 생표고버섯을 사와 실에 꿰어 창가에 매달아 말리거나 가정용 식품 건조기로 말려서 끓였다. 담백하게 채소 육수를 내라고 하면 무와 양파 껍질, 대파 뿌리를 손질해서 함께 끓였다. 국물맛의 비법이 딱새우라고 하면 사다가 끓여 봤다.

발품과 시간을 들이니 국물맛이 훨씬 깊어졌다. 국물맛을 위해서 아이들도 정기적으로 거들어야 했다. 옷소매를 걷어주고 조그만 손으로 돕게 한 일이 있으니, 바로 멸치 똥 다듬기였다. 다행히 국물용 멸치를 사서 똥을 다듬고 있으면 아이들이 관심을 보이며 자기도 하겠다고 나섰다. 처음에는 어린이 특유의 호기심으로 '한두 개 하다 말겠지' 싶어서 놀이처럼 신문지를 깔아주고 그 위에서 다듬게 했다. 하지만 나의 예상은 보기 좋게 빗나갔다. 아이들이 국물용 멸치 한 봉을 전부 다듬었다. '옳다구나' 속으로 쾌재를 불렀다.

그 이후로도 국물용 멸치 똥 다듬기는 꾸준히 아이들 몫이 되었다. 중·고등학교로 올라가서도, 심지어 시험 기간에도 "멸치 똥 다듬는다"고 외치면 신기하게도 식탁으로 모여들었다. 멸치 똥을 다듬는 게 좋다며, 반복 노동을 하고 있으면 머리가 맑아지는 기분이 든다며 멸치 똥 다듬기를 자처했다. 아이들이 다듬은 국물용 멸치가 한 봉 있으면 마음이 든든해졌다. 얼마간은 다듬은 멸치로 집밥의 감칠맛을 지켜낼 수 있었으니 말이다.

여기에 어머니가 하던 방법도 따라 해봤다. 쌀뜨물을 버리지 않고 활용하기다. 어머니는 쌀뜨물을 버리지 않고 모아두었다가 여러 용도로 썼다. 국이나 찌개를 끓일 때 넣었고, 비린 생선을 손질하거나 고기의 잡내를 제거할 때 쌀뜨물에 담가 두었다. 설거지할 때도 그릇을 쌀뜨물에 담가 두고 기름기를 제거했다. 심지어 키우는 화초에도 비료와 물을 대신해서 쌀뜨물을 주었다.

어머니에게 배운 대로 고깃국을 끓일 때 쌀뜨물을 넣었다. 말간 고깃국도 좋지만 느끼함을 줄일 수 있다면 말간 국물 색을 포기하고 쌀뜨물을 콸콸 넣을 수밖에 없었다. 김치찌개나 된장찌개를 끓일 때도 다른 육수가 없으면 쌀뜨물을 넣었다. 김치나 된장의 짠맛이 희석되면서 순한 맛이 완성되었다. 생선의 비린 맛을 잡기 위해서도, 도라지의 아린 맛을 뺄 때도 쌀뜨물을 썼다.

돈을 주고 사지 않아도 되니 비용도 들지 않는다. 그래서 쌀을 씻을 때 첫물은 따라서 화분에 주고, 두 번째 물부터 빈 병에 담아 냉장고 문 쪽 음료수 칸에 넣어둔다. 최근 것은 안쪽으로 넣고, 오래된 것은 입구 쪽에 넣어두면 편했다. 생선이나 도라지 등을 담가놓을 때는 입구 쪽의 것으로 쓰고, 국물을 낼 때는 안쪽의 물을 쓰면 된다.

깊은 감칠맛을 내야 할 때는 어간장과 새우젓을 사용했

다. 내가 사용하는 어간장은 제주에서 잡은 고등어와 전갱이, 다시마, 무말랭이를 넣고 끓여 3년 이상 자연 숙성시킨 발효간장이다. 새우젓은 제주에서 나지 않으니 김장철에 다른 지역에서 공수한 것을 시장이나 마트에 가서 사들였다. 육수를 이용해서 기본의 국물맛을 만든 후, 어간장이나 새우젓을 조금만 더하면 세련된 맛이 완성되었다.

처음에는 육수까지 내서 집밥을 하는 것이 솔직히 부담스러웠다. 하지만 따라 해보니 많은 시간이 들어가는 것이 아니었다. 식사 후 설거지를 하면서 육수를 만들어도 가능할 만큼 오래 끓이지 않아도 된다. 잊어버렸다면 자기 전 국물용 멸치와 다시마를 꺼내서 국 끓일 냄비에 물과 함께 담가두기만 해도 된다. 아침에 보면 일차적으로 노르스름하게 육수가 만들어진다. 가스 불을 켜서 냄비 채 한 번만 바글바글 끓여주면 감칠맛이 들어간 육수가 완성된다. 그 육수에 배추나 무를 넣어 된장국을 끓여도 좋고 식혀서 빈 병에 담고 잘 봉해서 냉장고에 넣어두면 일주일 정도는 이런저런 요리에 활용할 수 있다. 우리는 시간이 없을 뿐이지, 미각이 없지는 않다.

자취방에서는 전 좀 부쳐봤어요

우리 집은 다복한 7남매다. 언니 둘과 오빠, 여동생 둘과 남동생을 뒀다.

"너는 언니, 오빠, 여동생, 남동생이 모두 있어 좋겠다."

"야, 그럼 네가 우리 집에서 일주일, 아니 하루만 살아봐라. 그런 말이 나오나!"

학창 시절에 형제 구성을 안 친구들은 아주 쉽게 말하곤 했다. 그러면 솔직히 친구의 입을 때려주고 싶었다.

형제들이 많아서 가장 불편했던 점은 나만의 방을 가져본 적이 없다는 것이다. 언니 오빠들이 고등학교에 다니느라 시내로 나가서 좋아했지만 여전히 동생들과 방을 같이 써야 했다. 내가 고등학생이 되어서도 먼저 올라온 형제들과 자취생활을 같이 했다. 작은 방 두 개를 빌려 오빠가 방 하나를 차지하고 언니들과 셋이 좁은 방을 써야 했다.

학교에 아는 친구가 한 명밖에 없었다. 같은 마을 친구인 그 아이는 뒷반에 배정되었고 나는 1반이었다. 그 아이와는 자취하는 동네가 달라 차츰 만날 일도 줄어 학교에서는 외톨이처럼 지냈다. 읍내 중학교에서 친했던 친구들 세 명은 그 중학교에서 몇 걸음만 더 가면 되는 고등학교로 진학해서 잘 지내는 듯했다. 시내 아이들은 다들 나보다 피부가 뽀얗고 똑똑하고 세련되어 보였다. 수업 시간에는 진도를 따라가기도 버거웠고 첫 시험에서 큰 좌절감을 맛봐야 했다. 어머니가 해주는 집밥이 몹시도 그리웠다. 점차 말수도 줄어들며 괜히 시내 고등학교로 진학 왔나 후회가 되었다. 주말만 되면 집으로 가는 버스에서 이대로 읍내 고등학교로 전학 가고 싶다는 생각을 수없이 많이 했다.

입학한 지 몇 달이 지나서 드디어 두 명의 친구와 가까워졌다. 친구 집에 놀러 가서 맛있는 집밥을 얻어먹기도 했다. 하지만 나는 친구들이 오겠다 해도 맞이할 방이 없었다. 자취방에는 부엌이나 싱크대가 따로 있지 않고, 출입문과 방문 사이 좁은 공간에 아궁이와 석유곤로(풍로), 작은 냉장고, 그릇장을 놓은 것이 전부였다. 그곳에서 요리하려면 쪼그리고 앉아 재료를 다듬고 양은 밥상 위에 도마를 놓고 썰어야 했다.

아무리 친구라도 창피한 생각이 들어 낡고 비좁은 자취방을 보여주고 싶지 않았다. 그래서 화장실이 실외에 있고 공용인데 재래식이라며 에둘러 말했다. 친구들은 이런 답답한 상황을 들으면서도 괜찮다고, 놀러 오고 싶다고 노래를 불렀다. 그저 미룰 수도 피할 수도 없는 노릇이었다. 그렇다면 실상을 보여줘야 했다.

때를 기다렸다. 작은 회사에 다니던 큰언니가 시골집으

로 내려가 밭일을 돕고, 어린이집 교사였던 작은 언니가 주말 특근을 하고 친구들을 만나 늦게 들어오는 날, 재수하던 오빠가 친구네로 가는 날, 아주 화창한 일요일이 되기를 기다렸다. 그리고 친구들을 대접할 메뉴를 고심했다. 그때는 시장 통닭이 최고의 간식이었지만 가난한 자취생 형편으로는 사줄 수 없었고, 그렇다고 평소의 도시락 반찬을 슬그머니 내놓기에는 뭔가 아쉬웠다. 고심 끝에 어머니가 비 오는 날이면 해주시던 부침개를 대접하기로 했다. 식용유, 밀가루, 썰어서 반죽에 올릴 채소만 있으면 되니 간단하고, 마침 쪽파와 감자, 당근, 양파가 있었다. 쪼그리고 앉아 미리 다듬고 썰어두었다.

드디어 친구들이 자취방을 찾아왔다. 걱정과는 달리 좁지만 아늑하다며 좋아했다. 이런저런 이야기로 웃음꽃을 피우다가 배가 고프다는 말에 밀가루 반죽을 만들어 썰어둔 채소를 넣고 부침개를 부쳤다. 쪽파를 몇 개 썰어 넣어 찍어 먹을 간장소스도 만들었다. 부침개를 부치면서 날씨가 쨍한 날이라 비 오는 날의 그 맛이 아닐 것 같다는 걱정도 들었다. 하지만 괜한 걱정이었다. 부침개는 채소 색들이 어우러져 보기 좋은 모양새로 만들어졌고 맛도 좋았다. 기름에 부친 것이니 뭔들 맛이 없겠냐만 친구들은 연신 맛있다며 부침개를 접시에 내놓기가 무섭게 먹어치웠다. 우리는 배불리 먹고도 뒤돌아서면 배고프다고 말하는, 미친 소화력을 가진 열일곱 살의 여고생들이었으니.

그날 여러 판의 부침개를 해치우고 돌아간 친구들은 기회 있을 때마다 부침개나 전을 먹고 싶어 했다. 도시락 반찬으로 채소전을 싸갔지만 자취방에서 먹던 맛이 아니라고 실망하였다. 그도 그럴 것이 부침개나 전은 기름에 부쳐 뜨끈할 때 바로 먹어야 맛있는데 도시락 반찬으로 싸간 것이라 다 식어서 맛이 반감되었다.

궁리 끝에 주말이 아닌 평일에도 자취방에서 부침개와 전을 종종 부쳐 먹기로 했다. 학교가 일찍 끝나는 날, 이를테면 시험이 있는 날이면 셋이서 자취방으로 향했다. 약간의 채소와 밀가루, 식용유, 프라이팬만 있으면 할 수 있었으니 부담이 없었다. 채소가 없으면 엄마가 해주시던 대로 신김치를 헹궈서 밀가루 반죽에 잘게 썰어 넣었다. 간단하면서도 바로 먹을 수 있는 근사한 즉석요리가 되었다. 내 손으로 친구들을 배불리 먹게 해줄 수 있어서 신났다. 저녁에는 자취방에서 나는 기름 냄새 때문에 제대로 환기를 안 했다고 언니들에게 타박을 들었지만 그래도 마냥 좋았다.

전학까지 고민하며 힘들어하던 시기에 먼저 손을 내밀어준 두 친구가 있어 좋았다. 그 친구들을 대접한다는 핑계로 어머니의 손맛을 흉내 내며 전과 부침개를 부지런히 만들어 먹던 것은 사실 우울했던 그 시기의 나를 지켜낸 슬기로운 방법이었다. 그 시간이 있어서 외롭지 않게 무사히 고등학교를 졸업할 수 있었다.

네 번의 가문잔치를 집에서 치른 고수

제주에서는 결혼할 때 며칠 전부터 피로연을 한다. 친척들과 마을 사람들을 대접하기 위해 집이나 마을 회관에서 잔치를 열면서 말이다. 일주일간 음식을 준비하고 잔치를 벌여서 '일레(이레, 칠일)잔치'라고도 했다. 요새는 점차 간소화되어 돼지를 잡는 날, 가문잔치, 결혼식 당일까지 3일 동안 손님을 치르는 것으로 바뀌었다.

돼지를 잡는 날은 말 그대로 동네에서 돼지를 잡았다. 친척들과 동네 사람들이 잔치 손님들을 대접할 돼지를 잡아서 발골하고 삶기 좋게 부위별로 자른다. 뼈는 일찌감치 무쇠솥에 넣어 끓이고 고기도 삶는다. 창자는 깨끗이 씻어 소를 준비해 순대를 만들었다.

다음날인 가문잔치는 결혼식 전날로 일가친척들과 마을 사람들이 모여 잔치를 즐겼다. 그날에는 친척이 아니더라도 대접을 받을 수 있었다. 수육은 얇게 썰어 고기반찬으로 내놓고, 잘 삶아진 순대는 두부와 같은 접시에 내놓았다. 김치와 마농지를 비롯한 밑반찬 몇 가지도 올렸다. 뼈를 넣고 오래 끓인 국물에 잘 썰어진 고기와 모자반, 건고사리를 넣어 몸국이나 고사리육개장을 해 먹으며 축하를 건넸다.

마지막 날은 결혼식 당일로 아침에 신랑이 친척들과 함

께 신부를 데리러 신붓집으로 왔다. 그러면 신붓집에서는 신랑상과 사돈상을 차려 각각 대접했다. 식장으로 신부를 데리고 가서 결혼식을 올린 후에는 신부와 함께 신부측 친척들이 신랑집에 가서 신부상과 사돈상을 각각 받았다. 그러면 공식적인 일정의 3일 잔치가 마무리되었다.

간소화되었다고 하지만 듣기만 해도 복잡했다. 혼주는 여러 가지를 챙겨가며 잔치를 준비해야 했다. 혼례 날이 잡히면 먼저 집 단장을 했다. 손님을 받아야 하니 도배나 장판을 새로 하고 부지런히 쓸고 닦았다. 다음으로는 잔치에 쓸 돼지고기를 마련했다. 예전에는 직접 돼지를 키우기도 했는데, 집에 없으면 동네에서 키우던 돼지를 샀다. 축하하러 올 지인들과 동네 사람들, 일가친척들의 수를 어림짐작하고 몇 마리의 돼지를 마련해야 할지 궁리했다. 그나마 최근에는 돼지를 직접 잡지 않고 정육점이나 축산물공판장에 주문한다. 그리고 중요한 것이 잔칫날 돼지고기를 썰어주는 '도감어른'을 섭외하는 것이다. 회를 뜨듯 삶은 돼지고기를 적절한 두께로 썰어 내놓을 수 있는 마을 사람으로 청했다. 남자 어른이 되기도 했고 여자 어른이 되기도 했다.

다음으로 손님을 치를 그릇을 준비해야 했다. 마을에서

행사 때 공동으로 쓰는 그릇을 빌려서 사용하기도 했지만, 동네에 경조사가 워낙 많으니 아예 '그릇계'를 만들어 친한 회원들과 그릇을 마련해 함께 썼다. 어머니도 동네 어른들과 그릇계를 하고 있어서 잔치 며칠 전에 그릇을 쟁여놓았다. 그러나 그릇을 빌려올 때와 잔치가 끝나 반납할 때 치르는 의식이 있었으니 그것은 그릇들을 검수하기 위해 하나하나 손으로 쓸며 금이 간 곳이 없나 확인하는 것이었다. 이 의식을 치를 때만큼은 내 손이 도움이 되었다. 어머니의 손은 농사일과 집안일에 거칠 대로 거칠어져서 금이 간 곳을 찾아내기 어려웠다. 손으로 검수를 끝낸 다음에는 장부에 빌려 가는 그릇의 종류와 개수를 적어 넣었다. 그리고 잔치를 치른 후 그릇을 반납하러 가서 다시 손으로 쓸어 만지며 검수했다.

두부와 순대도 준비해야 했다. 마을에서 돼지를 잡을 때는 순대도 같이 만들었지만 고기를 주문하면서부터 손이 많이 가는 순대도 주문하기에 이르렀다. 떡도 후식으로 내놓으니 떡집 한 곳을 섭외하고 손님에게 내갈 소주나 맥주, 음료수, 마실 차도 주문을 넣어야 했다. 그리고 신랑상, 신부상, 사돈상을 차리기 위해서는 회 등의 해산물도 있어야 했고 케이크, 통닭 등도 올려야 했다.

지금 내가 기억하는 선에서만 대략적으로만 서술한 것으로 이외에도 준비할 것이 많았다. 잔치를 총괄해서 준비하는 처지에서는 이 모든 것이 매우 어려운 과정이었다. 이 과정을 어머니는 언니 둘과 오빠, 나까지 네 번이나 해냈다. 집에 도우러 온 동네 사람들을 진두지휘하면서 음식도 척척 만들어 내셨다. 손도 빠르고 손맛도 좋았다.

결혼이라는 집안의 경사를 축하하기 위해 모인 제주의 잔치는 그야말로 동네 축제다. 먹을 것이 귀한 시기에는 더욱더 시간을 내어 찾아온 손님들을 섭섭하지 않게 보내는 것이 제주의 미덕이었다. 그래서 결혼식 당일은 물론 전후로 3일씩 혼례를 준비하고 마무리할 수 있게 '일레잔치'를 하는 풍습도 생겨난 것이다. 고단하고 퍽퍽했던 삶 속에서도, 희로애락을 함께 겪어내는 제주 사람들의 공동체 문화가 빛을 발했던 풍습이었다. 하지만 정작 큰일을 치르는 어른들은 부담도 되었으리라.

아직도 제주에는 "경조사용 삶은 고기와 순대, 주문받아요."라는 문구가 붙은 정육점이 많다. 지나가다 그 문구를 보면 어머니가 떠오른다. 가문잔치를 진두지휘하던 어머니는 꽤 멋져 보였다. 그 시절만 해도 어머니는 활기가 넘쳤고 젊었나 보다.

딸기 주물럭과 초당옥수수

처음에는 촉감 놀이처럼 시작했다. 길가에서 파는 노지 딸기를 저렴한 가격에 여러 상자 사 왔는데 아이들이 어렸을 때라 먹다가 그냥 손으로 주무르는 것이었다. 아마도 어린이집에서 했던 촉감 놀이를 기억한 모양이었다. 아예 비닐을 깔아주고 마음대로 주물러 보라고 했다. 그랬더니 아이들이 한 손으로 집어 먹으면서 다른 한 손으로 주무르는 소동이 한바탕 벌어졌다. 얼굴과 옷이 딸기 범벅이 되었다.

하지만 그 후에도 얼마간 딸기만 보면 주무른다고 하고, 못 하게 하면 소리 내 울어버려서 곤욕을 치렀다. 나중에 안 사실이지만 아이들이 원에서 촉감 놀이도 했지만 실제로 딸기 주물럭도 만들어 봤다고 했다.

딸기 주물럭은 딸기를 장기간 보관하면서 먹기 위해서 만들었다. 딸기를 깨끗이 씻어 꼭지를 딴 후, 큰 볼이나 그릇에 넣고 주물럭대다 살짝 설탕을 뿌리고 버무리면 된다. 지퍼백에 나눠 담아서 냉동실에 얼려두었다가 꺼내서 시원하게 먹는 간식이자 음료다.

한 번 먹을 분량만큼 나눠서 얼려두면 꺼내서 먹을 때도 세상 간편하다. 우유나 아이스크림을 넣고 마시면 스무디가 되고, 탄산수를 넣어 마시면 에이드가 된다. 그마저도 없으면 숟가락으로 파먹거나 시원한 얼음과 물을 조금만 넣어서 먹어도 충분하다.

만드는 방법은 어렵지 않은데 오히려 신선한 노지 딸기를 만나기가 점점 더 쉽지 않다. 노지 딸기를 재배하는 곳이 점차 줄어들어서다. 제주시 아라동은 노지 딸기로 유명한 곳이었다. '알아주는 아라 딸기'라는 로컬브랜드가 있고 직거래 판매도 해마다 했다.

하지만 택지개발로 예전의 딸기밭에 세련된 아파트 단지가 하나둘 들어서면서 예전부터 이어져 온 노지 딸기 명맥을 간신히 이어오고 있다.

5월이 되면 지인에게 부탁하여 여기저기 수소문해서 노지 딸기 재배 농가를 섭외한 후 예약했다. 농가에서 새벽부터 따고 있으니 가지러 오라는 연락이 오면 부랴부랴 출근 전에 서너 상자를 사 들고 왔다.

주물럭은 원래 알이 자잘한 파치나 끝물 딸기로 만들었다. 자잘한 파치가 상품보다 몇천 원이 더 쌌다. 신선도가 중요해 집으로 돌아와서 서늘한 곳에 두고 출근했다. 저녁에 퇴근하면 집안은 이미 딸기향으로 가득했고 아이들은 딸기를 먹어보며 주물럭을 만들 기대를 하고 있었다.

딸기를 깨끗이 씻고 꼭지를 다듬은 후에 큰 스테인리스

그릇에 붓고 일회용 장갑과 함께 건넸다. 그러면 아이들은 중고등학생이 되어서도 촉감 놀이를 하듯이 정성껏 주물렀다. 기호에 따라 나중에 꺼내 먹을 때 딸기가 씹히는 식감을 원하면 적당히 주무른다. 그냥 믹서기에 갈아서 딸기 원액으로 얼려두는 이도 있다는데 나와 아이들은 딸기가 씹히는 것을 좋아해서 손으로 주무른다.

딸기 당도에 따라 마지막으로 흰 설탕을 조금만 뿌려 잘 섞으면 아주 간단하게 딸기 주물럭이 완성된다. 냉동실 한 칸이 딸기주물럭으로 채워지면 어째 마음이 든든해졌다. 다음날부터 바로 아이들 간식으로 음료로 역할을 톡톡히 할 것이니 노지 딸기가 나오는 5월이면 괜스레 아라동 부근으로 운전대를 잡는다.

이어지는 6월에 또 준비해 둬야 하는 간식거리가 있다. 바로 초당옥수수다. 당도와 수분함량이 높고, 아삭한 식감으로 과일 못지않게 인기가 많은 작물이다. 비타민이나 미네랄도 많고 섬유질도 많아서 다이어트 식품으로도 많이 먹는다. 흙에 과도하게 쌓인 질소 성분을 흡수해 토양을 개량하고 지하수를 보존하는 역할도 한다니, 제주에서 재배하는 농가가 조금씩 늘어나고 있다.

한번 먹어보고 아이들과 나는 초당옥수수 마니아가 되

었다. 부드럽고 달아서 생으로 먹어도 되고 익혀 먹어도 맛이 달라지지 않았다. 초당옥수수를 먹어보지 않은 사람은 있겠지만 한 번만 먹어 본 사람은 없을 것이다. 노지 딸기도 그렇고 초당옥수수를 지인들에게 선물하면 재배 농가 연락처를 달라고 아우성이었다.

초당옥수수는 껍질을 벗기고 냄비에 놓고 쪄도 좋고, 프라이팬이나 전자레인지, 에어프라이어에 버터를 살짝 발라 구워도 맛있다. 먹고 싶은, 먹이고 싶은 마음에 재배하는 농가를 수소문해서 한꺼번에 다량으로 사들여서 냉동실에 쟁여두는 편이다.

냉동실에 오래 보관하려면 우선 겉껍질만 벗기고 속껍질을 남겨두는 게 수분 유지에 도움이 된다. 속껍질은 한두 겹 정도 남아있는 상태에서 하나씩 키친타월이나 신문지로 싸서 지퍼백에 담아서 냉동실에 넣어두면 출출할 때 꺼내서 찌거나 구워 먹기도 하고, 요리에도 편하게 사용할 수 있다.

하지만 이런 간식거리를 장만하는 데 브레이크가 걸릴 때가 있었다. 우선 냉동실 공간이 작았다. 그래서 남편을 졸라 냉장고 용량을 늘렸는데 그 과정이 쉽지 않았다. 그래도 기다리는 자에게 복이 있다고 했던가. 시어머니가 칠

순이 되던 해부터 제사와 명절을 모두 큰며느리인 나에게 넘기면서 남편에게 냉장고를 큰 것으로 바꿔달라 요구했다. 남편도 어쩔 도리가 없었는지 마음을 바꿨다.

하지만 남편의 잔소리가 도돌이표처럼 돌아왔다. 물욕이 세다고, 마음에 드는 것은 쟁여두려 한다고 타박했다. 정 사고 싶으면 한 때만 먹을 양으로 조금만 사라거나, 아니면 아이들이 컸으니 이제는 건너뛰어도 되는 게 아니냐고 했다.

그러면 나는 외친다. "나도 먹고 싶은데, 맛있는 걸 어쩌라고! 지금 아니면 구하기도 힘든데!" 정작 힘들게 사 오면 남편도 아이들만큼이나 잘 먹었다. 말로는 빨리 냉동실을 비우려고 먹어준다는 핑계를 대며.

딸기와 초당옥수수가 나오는 시기에 미리 예약하면서까지 준비한 후, 그것들을 챙겨먹는 활동은 지친 나와 아이들의 마음을 주물럭거리며 다독이는 시간이었다. 바쁜 엄마와 많은 시간을 함께하지 못해도 자신들을 위해 마련해준 간식을 먹으며 잠시나마 위안을 받았으면 하는 바람이었다.

더불어 소비자로서 어떻게 살아야 할까도 많이 고민하게 되었다. 농부의 딸로 자랐고, 농부의 며느리 노릇까지

하다 보니 그런 생각은 더욱 깊어졌다. 그래서 나와 아이들이 먹을 것을 사면서 좀 넉넉하게 구입해 지인들에게 나누고 소개하는 것도 잊지 않았다. 이러한 사소한 행동이 건강한 소비, 착한 소비의 연장선이라 생각한다.

나는 오늘도 제철 과일이나 농산물이 뭐가 있나 검색한다. 물욕이 센 소비자라고 비난을 들어도 좋으니, 요즘 유행어처럼 지역 농가들에 '돈쭐'을 내며 살고 싶다.

매실, 너의 변신은 무죄

꽤 오래전부터 어머니는 매실청을 담그셨다. 농약을 자주 치는 여름철에 아버지가 차가운 음료를 많이 찾기도 하셨지만 자식들이 배탈이 났을 때 따뜻한 차로 먹이기 위해서였다. 또 반찬을 만들 때도 설탕 대신 요긴하게 쓰였다.

하지만 우영팟에 있는 매실나무가 두 그루뿐이어서 해마다 육지에서 내려오는 매실을 사러 오일장에 가셨다. 자취생활을 하는 자식에게도 나눠주고, 결혼한 자식들에게도 주려고 큰 항아리 가득 담그셨다. 구입하는 양이 많으니 날을 잡아 자식 중 누군가의 차를 이용하셨다.

받아먹을 때는 좋아서 냉큼 달려가지만 이렇게 시간을 내서 어디를 가고, 무엇을 실어 오고, 무언가를 만드는 것을 돕는 노동을 해야 한다면 태도가 달라졌다. 마지못해서 할 때가 많았다. 바쁘다는 핑계로 다른 형제를 부르라고 하거나 에둘러서 그런 거 필요 없다고, 올해는 쉬라고 싫은 티를 팍팍 내기도 했다.

하지만 결혼하고 아이들이 커가면서 나도 매실청이 필요했다. 아이들이 배탈이 나거나 소화제가 필요할 때 따뜻한 매실차 한 잔은 약이 됐다. 나와 남편도 피곤하면 매실차를 찾았다. 그래서 병에 덜어온 매실청이 금방 동이 나서 요리할 때도 넣으려면 따로 담가야 했다. 어머니가 오일장에 가실 때 자발적으로 동행했다.

집에서 따로 담글 요량으로 20킬로그램을 샀다. 유리단지와 설탕도 준비했다. 매실을 씻고 물기가 빠지길 기다리며 꽁지를 이쑤시개로 뺐다. 소독한 유리단지에 매실과 동량의 설탕을 켜켜이 담고 뚜껑에 담근 날을 기록하고 3개월이 지나길 기다렸다. 당장 먹고 싶어도 시간이 지나야 먹을 수 있는 맛을 보려고 아예 달력에 3개월이 지나는 날을 표시해두기도 했다.

탱탱하던 매실이 점차 쪼글쪼글해졌다. 3개월이 지나면 매실을 거르고 국물만 모아 소독한 빈 병에 나눠 담아둔다. 요리할 때도 설탕 대신 넣고 시원한 물과 얼음을 넣고 음료로, 따뜻한 물을 부어 따뜻한 차로 마셨다. 아이들도 맛있다고 했고 찾아온 손님들도 좋아했다. 그렇게 베란다 유리단지 속에 매해 매실청이 담가졌다가 사라졌고 점차 매실주, 매실장아찌까지 종류가 늘어났다. 매실 장아찌는 청매실 속 씨를 제거하고 담는 거라 손이 더 가는 작업이다. 과육이 단단한 청매실 중에서 알이 굵은 것을 골라 씻은 후 물기를 말려준다. 씨를 빼는 기계도 나왔다고 하나 없으니 칼로 조각을 내서 매실을 갈라 씨를 빼줬다. 씨를 제거한 과육만 무게를 재고 거의 비슷한 양의 설탕에 버무려서 살균한 유리병이나 단지에 담아두고 삼 개월 정도를 기다린다. 삼 개월 후 과육을 건져내서 고추장을 넣고 비벼주고 깻가루와 참기름만 뿌려줘도 맛있는 밥도둑, 매실장아찌가 됐다. 기름진 음식과도 찰떡궁합이 되고, 김밥이나 주먹밥으로 도시락을 쌀 때 같이 넣으면 예뻤다. 어머니뿐만 아니라 내 주방에서도 매실은 없어서는 안 될 중요한 식재료가 되었다.

그러던 어느 해, 남편이 매실나무를 더 심어 놓으면 해마다 사러 가는 번거로움은 없을 텐데, 한마디 한 것이 도화선이 되었다. 그 말을 들은 어머니가 사위와 뜻을 함께 하겠다고 나서셨다. 다음 해 봄이 되자, 남편을 데리고 오일장에 가셔서 매실 묘목을 사 오셨다. 그러더니 고사리밭 한쪽으로 경사가 유독 심한 곳에 매실나무를 심으셨다. 이웃한 밭의 방풍수들 때문에 그늘져서 농사가 잘되지 않던 곳이다. 원래 경사가 심하면 비료나 퇴비를 줘도 영양분이 머물지 못하고 아래로 다 빠져 흐른다고 아버지께서 알려주셨다. 비가 충분히 와도 아래로 흘러가 버려 흙이 건조하고 퍽퍽해지니 작물이 쉽게 말라버리기도 했다.

비가 내린 다음 날, 땅이 아직 질어서 구덩이를 파기 쉬운 틈을 타서 어린 매실 묘목들을 열심히 같이 심었다. 하지만 이때까지 어머니는 모르셨다. 뒤에 닥칠 매실밭 만들기의 힘든 여정을.

매실 묘목을 심고 두 해 동안 매실나무를 지켜내기 위해 어머니는 고군분투해야 했다. 매실나무에 새싹이 나기만 하면 인근에 사는 노루 가족이 넘어와서 남김없이 뜯어 먹었는데, 나무껍질까지 갉아 먹었다. 연한 새싹과 껍질까지 뺏긴 어린나무는 시름시름 앓다가 말라서 죽어버렸다.

할 수 없이 뜯어먹지 못하게 위로만 구멍을 뚫은 비료포대를 씌우고 통째로 감쌌다. 이 방법은 효과가 있어서 더는 노루가족이 매실나무를 공략하지 못했지만 예상치 못한 복병은 따로 있었다.

여름이 되자 태풍이 연이어 올라오는데 아직 뿌리가 단단히 내리기도 전이라 강한 바람에 홀라당 뿌리가 뽑혀 버렸다. 일일이 지지대를 세워주고 끈으로 묶어주기를 여러 번 해서야 매실나무는 어른나무가 되어 갔다.

그렇게 심은 지 3년째가 되니 매실이 열리기 시작했다. 이제는 육지 매실을 사러 발품을 팔지 않아도 됐다. 대신에 어머니의 얼굴과 손을 내주어야 한다는 것을 몇 년 뒤 알게 됐지만 말이다.

많은 양은 아니었지만 첫 수확을 해서 매실청을 담고 매실장아찌를 담그던 순간에는 어머니와 남편, 나까지 웃음이 떠나지 않았다. 다른 과수들과 달리 농약을 치지 않고 가만 놔둬도 되니 수확할 때를 빼고는 거저 농사짓는 거나 진배없어 흐뭇했다.

하지만 첫 수확의 기쁨도 잠시 매실나무가 너무 빨리 커버렸다. 가을에도 새순이 올라오고 가지가 길어져 키가 부쩍 자라났다. 가을에 가지치기를 꼬박꼬박 해줘야 했다. 하지만 욕심내서 매실나무를 꽤 많이 심었으니 가지치기도 쉽지 않았다.

시기를 놓치면 꽃망울이 생기고 1~2월에는 꽃을 피운다. 봄에도 가지가 계속 자라 유월에 매실을 수확하려면 나무에 올라가서 따야 할 지경까지 됐다. 나뭇가지에 얼굴이며 손과 팔이 긁히는 게 다반사였다. 거기다 잔가지가 굵은 가시처럼 나 있어서 열매를 따기도 여간 어려운 게 아니었다.

매실이 비싼 이유가 있었다. 거저 농사짓는 거나 진배없다고 생각한 것은 우리의 착각이었다. 유월이면 햇볕도 뜨거운데 긁히지 않으려고 두께감 있는 긴 소매 옷에 목과 얼굴까지 꽁꽁 싸매고 나무에 올라가 매실을 하나씩 따는 모습을 상상해보라. 땀으로 목욕을 해야 비로소 바구니에 매실을 가득 채울 수 있었다. 가시 같은 잔가지에 이마가 긁혀도 수확 후 과육이 단단한 청매실로는 매실 장아찌를, 유기산이 더 들어있는 황매실로는 청과 매실주를 담글 마음으로 매년 유월이면 매실 밭으로 들어갔다.

추운 겨울날, 매서운 바람에도 작은 꽃망울을 터뜨리는 매화꽃은 살랑살랑 불어오는 봄바람을 맞으며 작은 매실로 거듭 태어났다. 작고 단단한 매실은 따뜻한 볕과 흙의 기운을 받아 여물어 간다.

그리고 우리에게 온 매실은 마침내 또 한 번 변신을 꾀했다. 꿀이나 설탕을 만나 진한 매실청이나 매실장아찌로, 과일주용 소주를 만나 매실주로 탄생했다.

그래서 매실은 일정 시간이 흐르기를 기다려야 맛볼 수 있는, 시간의 맛이다. 시간이 흘러 맛볼 수 있는 그 맛이 일품이었으니 이 굉장한 변신에 매해 매료될 수밖에 없다. 그리하여 매실, 너의 변신은 무죄로소이다.

레드향 파치로 잼을 졸이다

농부의 딸로 나고 자랐지만 농사짓기는 싫었다. 수렵과 채집의 본능이 아무리 내 안에 넘쳐나도 직업으로 농사를 짓는 일은 염두에 두지 않았다. 비 오는 날 빼고는 일을 손에서 놓지 못하지만 결국 손에 남는 것은 흙 자국과 깊이 팬 상흔들밖에 없다는 것을 알아버렸기 때문이다. 애써서 1년 농사를 짓고도 판로가 마땅치 않아 중간 상인에게 헐값에 넘기는 일이 다반사였다. 중간 상인들이 여러 수수료와 유통비 명목으로 일반 소비자에게 비싼 값으로 되파는 과정을 보면서 울분까지 느꼈지만 삶이 바쁘다는 핑계로 그냥 외면했다.

하지만 비슷한 처지의 남편을 만나 결혼하면서 시부모님까지 정직하게 땀 흘리며 농사짓는 모습을 보게 되었다. 노쇠하신 몸에도 쉽게 일을 놓지 못하는 양가 부모님의 모습을 보며 안쓰러운 마음에 더는 외면하지 못하고 주말에는 아이들을 데리고 가서 농사일을 거들었다.

그러던 중 시부모님이 노지감귤을 키우던 땅에 대출을 받아 비닐하우스를 설치하고 레드향 묘목으로 바꿔 심었다. 만감류인 레드향은 노지귤보다 당도가 높아 경쟁력이 높아 보였다. 물론 비닐하우스도 설치하고 이것저것 장비도 달아야 해서 비용이 많이 들어갔다.

몇 년 동안 수확을 보지 못하다가 정성스레 키운 레드향을 조금씩 수확하기 시작할 때였다. 무더운 여름날까지 고생하면서 키운 레드향을 판로가 없어 제값을 받지 못한 채 중간 상인에게 넘기는 것을 보았다. 며느리 이전에 농사꾼의 딸로서 마음이 좋지 않았다. 남편이 서울로 발령을 받아 올라갔을 때라 시부모님께 내가 판로를 확보해 팔아 보겠다고 용기 내 말씀을 드렸다.

SNS를 잘 못하는 내가 물어물어 블로그를 시작했다. 주변 지인들에게도 알렸다. 1월과 2월이면 팔을 걷어붙이고 수확하는 것부터 블로그와 문자로 주문을 받아 택배를 부치는 것까지 맡아 했다. 덕분에 두 달 사이 내 휴가는 반 토막이 났다. 이렇게 레드향 영업부장을 자처한 것도 벌써 6년차가 되었다. 이제는 제법 몇 년째 단골이 생겼고 판로를 크게 고민하지 않아도 된다. 그 사이 남편도 제주로 내려와 돕고 있다.

물론 판매금액은 시부모님께 드렸다. 비닐하우스를 설치하느라 농협과 감협에서 받은 대출 원금과 이자가 남아 있고 농약값이나 비료구입비 등 일 년 치 농사를 지은 후 갚아야 할 대금도 만만치가 않아서다. 내 몫으로는 일당과 휴대전화 요금, 기름값 정도를 받았다. 그리고 아이들이 먹을 레드향 파치도 얻었다.

아무리 제철 농산물을 많이 구매하는 큰손이라도 가격대가 높은 레드향은 시부모님이 아니었다면 구경도 못했을 것이다. 일손을 돕는다는 핑계로 레드향 파치나마 얻을 수 있었다. 하지만 제철 과일인 레드향은 장기 보관이 힘들고, 2월이 지나면 서서히 당도가 떨어졌다. 냉해 피해를 보아도 마찬가지였다. 내 특기인 냉장실이나 냉동고에 쟁여두고 두고두고 꺼내 먹을 수가 없었다. 할 수 없이 어떻게 하면 나와 아이들이 귀한 레드향을 맛있게 오래 먹을 수 있을까 궁리하였다. 그러다가 찾은 방법이 레드향 파치로 만드는 말랭이와 잼이었다.

말랭이와 잼을 만들기 위한 손질 방법은 비슷하다. 혹시나 남아있을 농약이 걱정된다면 껍질을 벗겨낸다. 껍질까지 쓰려면 베이킹파우더를 푼 물에 1시간 이상 껍질째 담가 놓거나 식초를 희석한 물에 담가놓은 후에 깨끗이 씻는다. 잼으로 만들려면 갈아주고 끓이면 되고, 말랭이를 만들려면 잘 씻은 과일을 껍질째 둥글게 썰어서 식품 건조기에서 말려준다.

만들어 보니 잼은 껍질을 벗겨내고 알맹이만 갈아서 만든 것이 가장 부드럽게 넘어갔다. 껍질을 벗긴 레드향을 믹서기로 곱게 갈아준다. 물론 곱게 간 것은 레드향 원액 주스이니 그대로 마셔도 좋다. 하지만 주스는 마시면 없어지지만 잼은 한번 만들어 두면 양에 따라 여러 번 먹을 수 있다. 방부제가 들어가지 않으니 잘 밀봉해두면 한 달까지는 먹을 수 있다. 아예 갈아 만든 원액 주스를 냉동시켜 놓고 잼이 떨어지면 다시 만들어도 된다. 바닥이 두껍고 코팅이 잘 된 냄비에 곱게 간 원액을 넣고 잘 저어주며 끓인다. 당도를 맛보고 기호에 따라 흰설탕이나 꿀을 소량 넣어 주면 된다.

수확 후에는 일주일에 두 번꼴로 오후에 반차를 내고 시골에 갔다. 택배로 보낼 상자를 만들고 수작업으로 일일이 선별한 후 포장하고 돌아오면 한밤중이었다. 대충 씻고 쉬지도 못하고 컴퓨터 앞에 앉아서 주문 들어온 택배 주소를 정리해서 입력하고 대리점에 메일로 전송해야 일과가 끝났다.

하지만 얻어온 파치가 먹을 새도 없이 썩어가거나 2월 말이 가까워졌다는 것을 알게 된 날은 마음이 불안해져 나도 모르게 레드향 껍질을 까고 있었다. 귀한 레드향을 썩게 두거나 먹지 못하게 버려둔 것이 불편했다. 죄책감이 느껴지기도 했다. 밤중이라 위아래 층에 미안한 마음이 들지만 믹서기를 돌려서 알맹이들을 곱게 갈아버렸다. 갈아버린 원액을 냄비에 넣고 잘 저으며 중간 불과 약 불로 세기도 조절하며 졸아들게 끓였다. 히라마쓰 요코 작가의 《한밤중에 잼을 졸이다》에서 내 마음과 비슷한 내용을 보고 어찌나 반갑던지.

"한 봉지의 귤이라도 집에서 데굴데굴 구르고 있으면 그만큼 조급해진다. '시간이여 멈춰라.' 기다리거나 초조해지거나 서두르거나 당황하거나 후회하거나 반성하고 있는 사이 문득 이렇게 기도하고 싶어진다. 만약 절묘한 타이밍에 때마침 시간이 멈춰 준다면 얼마나 한시름 놓고 안도할 것인가. (중략) 좋은 방법이 있었다. 잼을 만드는 것이다. 피차 가장 행복한 때, 냄비 속에서 시간을 멈추게 한다. 그러면 불쌍해지지도 부패하거나 먹지 못하게 되지도 않는다. 지금이 가장 좋은 때. 그때 허둥지둥하고 있으면 가차없이 시간의 공격을 받는다. 그러니 앞질러 잼을 만드는 것이다."

나도 늦은 시간이지만 냄비 속에서 시간을 멈추게 하는 노동을 하면서 멍을 때렸다. 처음에는 가스 불을 보면서,

불멍을 때린다고 생각했다. 그러면서 중학교 시절 혼자만의 공간을 잠시 누리기 위해서 호기롭게 창고 방에 이불을 갖다 놓고 생활하던 기억이 떠올랐다. 아궁이에서 불을 지피느라 연기 때문에 눈물범벅이 되기도 했지만 마른 솔잎이나 솔방울, 소나무 가지들이 타들어 가는 소리나 냄새를 맡는 것도 나쁘지 않았다. 무엇보다 시끄러운 동생들을 피해 혼자 불멍을 실컷 즐길 수 있는 그 자체가 좋았다.

잼을 만들면서는 한 손으로 젓는 활동에 집중해야 하니 이내 가스 불이 아닌 냄비 속의 졸아드는 잼을 보면서 멍을 때렸다. 잼멍을 때리며 손으로 부지런히 젓다 보면 근심과 걱정이 사라지는 효과가 있었다. 손을 번갈아 가며 저어야 하니 어느 순간 손목에서 팔목으로 어깨, 고개까지 아파서 몸의 고통을 먼저 들여다보게 되었다. 근심과 걱정이 많다면 늦은 밤, 조용히 잼멍해 보세요. 단 손목과 팔목의 뻐근함은 책임지지 않습니다.

좋아하는 마음으로 고사리밭을 만들 거야

4월이 되면 아버지와 어머니는 새벽 일찍 고사리를 꺾으러 들로 가셨다. 햇볕이 쨍하게 뜨면 고사리를 많이 꺾을 수 없어 해 뜨기 전, 새벽부터 돌아다녀야 한다. 명절 차례상과 제사상에 올리고 종종 밥상 위에도 올리는 고사리는 이때를 놓치면 장만할 수 없기 때문이다.

고사리를 꺾어본 사람들은 그 일이 얼마나 힘든지 안다. 고사리 한 움큼을 꺾으려면 번번이 고개를 숙이고 허리를 굽히며 절하듯 해야 한다. 들판을 걸으며 일일이 고사리를 꺾다 보면 고개와 허리는 물론 다리도 아프다.

마을 사람들뿐만 아니라 시내나 해변 마을 사람들도 와서 고사리를 꺾으니 그맘때면 들녘이 사람들로 북적북적했다. 그러니 일찍 가서 선점하지 않으면 꺾을 고사리가 없다고 부지런하게 움직이셨다.

장성한 자녀를 혼례라도 시켜야 하는 해에는 평소보다 더 부지런히, 더 많이 고사리를 꺾어 말리셔야 했다. 잔치 메뉴로 삼백에서 오백인 분의 고사리육개장을 대접해야 했기 때문이다.

돼지고기와 뼈들을 며칠 삶은 국물에 건고사리를 물에 불렸다가 넣어서 푹 익힌 고사리육개장 맛은 동네에서도 유명했다. 고사리 대신 모자반을 넣어 몸국을 만들어도 되지만, 해안가 마을이 아니라 직접 몸을 장만하지 못하고 사야 했기에 아버지는 고사리육개장을 고집하셨다.

아버지는 어렸을 때부터 고기가 귀해서 대신 고사리를 먹어왔다며 평소에도 즐겨 드셨다. 돼지고기를 볶을 때나 생선조림을 할 때도 고사리를 넣어 만들었다.

4월이면 들녘 지천에서 올라오는 고사리를 만나러 동네 누구보다 일찍 이른 새벽을 시작하셨던 아버지가 폐암으로 돌아가셨다.

얼마간은 아버지가 꺾어두었던 고사리를 아껴가며 차례상이나 제사상에 올렸는데 그다음이 문제였다. 무릎이 더 안 좋아진 어머니 혼자 들녘으로 걸어가 고사리를 꺾어올 상황도 아니었다. 누군가는 새벽에 어머니를 차로 모시고 가서 고사리를 같이 꺾든가 해야 했다.

형제들과 의논 끝에 홀로되신 어머니를 위해서 고사리 밭을 만들기로 했다. 부모님이 소나무와 가시덤불이 무성한 곳을 개간해서 농사를 지으셨는데, 밭이 제법 경사가 심했다. 그 밭에 가려면 오름을 오르듯 숨도 차고 걷기도 쉽지 않아 어차피 어머니 혼자 농사짓기는 힘든 곳이었다. 고사리가 잘 되면 자식들에게 나눠줄 수도 있겠다며 어머니도 좋아하셨다.

수소문해서 인근에서 먼저 고사리 농사를 짓는 분에게 고사리 뿌리를 한 트럭 사 왔다. 퇴비를 뿌린 밭을 갈고 일일이 수작업으로 고사리 뿌리를 펴서 흙을 덮어야 했다. 식구들이 동원됐다. 주말 동안 언니들과 우리 부부와 여동생들 부부, 막내 남동생까지 합세해서 고사리 뿌리를 갈아엎은 흙으로 다 덮어주었다.

퇴비를 뿌린 덕분인지 고사리가 올라오기도 전에 잡초가 먼저 올라왔다. 어머니는 성치 않은 몸으로 고사리밭으로 매일 출근을 하셨다. 제초제를 칠 수도 없는 노릇이라 쪼그리고 앉아 잡초를 일일이 뽑아 주어야 했다.

이듬해까지 고사리를 꺾지 않고 자라게 두었다가 키가 자랐을 때 낫으로 베어서 흙 위에 일일이 덮어주기도 했다. 어머니의 정성으로 고사리는 풍성하게 올라왔다. 더는 들녘으로 발품을 팔지 않아도 되었다. 무엇보다 혼자 들녘으로 고사리를 꺾으러 가셨다가 길 잃는 사고를 당할 것을 걱정하지 않아도 되니 좋았다.

꺾은 고사리는 삶아 말렸다가 제사나 명절에 사용하라고 자식들에게 나눠주기도 하고 건고사리로 조금씩 팔기도 했다. 고사리는 이물질을 빼고 큰솥에서 팔팔 끓인 물에 넣어 데친다.

그러고는 옥상이나 마당 햇볕이 잘 드는 곳에 망사나 천 위에 널어 말린다. 비를 맞으면 안 되니 비가 올라치면 담아서 들여놓고 다시 내어 널기를 반복해야 한다. 식재료 중에 농부들의 노동과 정성이 들어가지 않는 농산물이 어디 있을까마는 고사리도 결코 쉽게 얻어지는 농산물이 아니다.

어머니는 건고사리로 만들어 파는 것보다 돈은 적게 받아도 삶아서 말리는 공력이 들어가지 않아도 된다며 생고사리로 그냥 내다 팔기도 했다. 나와 형제들은 고사리를 꺾어 등짐으로 매고 내려오시는 것이 마음에 걸렸지만 모두 일을 하는 형편이라 대신해줄 수도 없었고, 무엇보다 칠순이 넘은 어머니의 생계 벌이를 말릴 수도 없는 노릇이었다.

어머니가 고사리밭에서 넘어져 팔을 심하게 다친 해도 있었다. 우리 형제들은 놀랐고 어머니는 한동안 병원 신세를 지며 강제휴식을 취하셔야 했다. 하지만 어머니는 퇴원하자마자 고사리밭으로 매일 출근하셨다.

고사리를 몇 해 키워 뿌리가 잘 번성할 무렵부터는 도둑들이 고사리밭에 들어와 아예 뿌리째 파서 훔쳐 가는 일도 여러 번 당했다. 경찰에 여러 번 신고했지만 소용이 없었다. 부근에서 고사리밭의 정체와 우리 집 사정도 잘 아는 사람들의 소행일 거라 했다.

이런 억울한 일을 당할 때면 아버지 산소 앞에서 어머니는 "이것이 다 당신이 먼저 가서 그렇다."고 넋두리하시기도 했다.

어머니는 지금도 여전히 고사리밭으로 출근하신다. 쉬지 않고 부지런히 움직이는 어머니를 보며 수지 모건스턴 작가의 《어느 할머니 이야기》라는 그림 동화책에서 읽은 문장이 생각났다.

"할머니한테 제일 어려운 일이 뭔지 아니? 할머니한테 물어보면 아마 아무것도 안하는 거라고 그럴걸? (중략) 이제 할머니는 소파에 가만히 앉아서 생각할 시간이 있어. 그래서 이렇게 생각을 하는 거야. 자기가 하고 싶은 걸 다 할 수 없다면 자기가 할 수 있는 걸 하고 싶어 하면 된다고."

어머니도 비슷한 말을 했다. 아무것도 하지 않는 것은 당신에게 죽음을 의미한다고. 그래서 거동할 수 있는 한 몸을 움직일 것이고 손으로 무언가를 만지겠노라 하셨다.

일흔아홉 살이라는 연세에도 불구하고 하고 싶은 것이 아직 많은 어머니. 몸이 안 따라주니 다는 할 수 없는 노릇이고 할 수 있는 것만이라도 하겠다고 했다. 네, 어머니. 무리하지 말고 아프지 않게만 살살 해주세요!

엄마가 먹던 음식을 내가 먹네

"엄마, 이것 말고 새것 없어? 제발 이 수세미는 버려. 다 헤졌잖아."

"왜 벌써 버려? 아직 쓸만해."

어머니는 초록 수세미가 구멍이 나도 버리지 않고 알뜰하게 쓰셨다. 내가 쓰레기통에 분명 버렸는데도 어느샌가 다시 친정집 싱크대에 놓여 있다. 어렵게 살던 지난 세월 때문인지 몰라도 물건들을 지나치게 아꼈다. 특히 수세미는 구멍이 나고 헤져서 세척의 기능을 못 하겠다 싶은데도 오히려 부드럽다며 선반에 턱하고 자리를 내어준다. 좀 거칠어야 그릇이 잘 닦일 텐데도 물에 불려두면 그릇은 알아서 잘 씻긴다고 했다.

초록의 수세미가 닳고 헤져 형체를 몰라볼 경지에 이르면 동그랗게 뭉쳐져 마당 수돗가의 빨간 고무통 옆 벽돌 위에 곱게 올려진다. 그 녀석의 용도는 이제 그릇을 닦는 것이 아니라 어머니의 두 손이나 두 발을 닦는 것이다. 밭일 갔다가 흙이 묻은 손과 발을 씻을 때 다 헤진 수세미에 비누를 묻혀 박박 씻으면 아프지도 않고 흙이 잘 씻겨나간단다. 그러기를 몇 달 정도 한 뒤에야 비로소 쓰레기통으로 들어간다. 그때도 화장실 변기 청소에 한 번은 쓰이고 들어간다. 보통 두세 달마다 한 번씩 갈아주는 수세미를 어머니는 그렇게 여섯 달 이상 곁을 내어준다. 그릇을 닦다가 당신 손발을 닦고 마지막에는 화장실 변기 청소까지 일거리를 주는 셈이다.

수세미만 그런 것이 아니다. 물건 하나 허투루 버리는 일이 없었다. 아끼고 절약하는 것이 몸에 밴 우리 부모님 세대의 습성이라고는 하지만 어머니는 정도가 심해 보였다. 철없던 시절에는 그런 어머니의 모습이 구질구질해서 싫었다. 하지만 살림을 직접 해보니 차츰 제주 4.3사건의 피바람을 온몸으로 맞았던 여섯 살의 어린 어머니가 보였다.

친정어머니는 1943년생이다. 제주 4.3사건이 일어날 때 여섯 살이었는데 부모님과 오빠 세 분을 하룻밤에 잃었다. 살던 집도 불태워졌다. 당시 인근에 할아버지와 할머니도 살아 계셨지만 아들 내외와 세 명의 손주들이 끌려가 생을 마감하자 홧병에 몇 달을 넘기지 못하고 차례로 돌아가셨다. 어머니는 고아가 됐고 먼 친척집에서 아기 업게(아기를 업어 주며 돌보는 이)로 밥을 빌어먹어야 했다.

시아버지도 그때 네 살이었고, 아버지를 잃었다. 그 시절 어머니나 시아버지처럼 가족을 잃거나 마을 전부가 불타서 생활 터전을 잃은 섬사람들이 삼만 명이 넘었다. 당시 섬사람들 인구의 10분의 1이었다. 외롭고 괴로운 시간을 버텨내야 했던 어머니에게는 시련이 멈추지 않았다. 가혹하게도 고아라고 놀리는 아이들의 돌에 맞아 한쪽 눈까지 다쳤다. 제때 치료해 줄 사람이 없어 눈동자가 돌아가서 사시처럼 돼버렸다. 평생 지울 수 없는 생채기를 눈에도 얻었다. 먹을 게 없어서 배고픔에 눈물로 지새운 날들이 많았다고 했다.

이스라엘 예루살렘의 홀로코스트 야드바셈 박물관과 워싱턴 D.C.의 베트남전 기념관을 언급하며 나탈리 골드버그는《뼛속까지 내려가서 써라》에서 이렇게 말한다.

"죽은 이들은 짐승처럼 도살되어도 상관없는, 이름 없는 무리가 아니었다. 그들은 인간이었고 이 세상 속에서 각자의 역할을 해내며 숭고한 삶을 살아가던 이들이었다."

그러면서 그들의 이름을 불러 주고 기억하자고 했다. 그랬다. 제주 4.3사건 때 허망하게 죽어간 섬사람들도 누군가의 아버지였고 어머니였고 오빠였다.

가족을 잃은 여섯 살, 네 살의 아이가 과연 무엇을 제대로 할 수 있었을까? 당장 입에 풀칠하기도 막막하여 아기 업게나 남의집살이를 하면서 고통스러운 삶을 연명할 수 밖에 없었다. 먹을 게 없어서 들판으로 나가 칡뿌리를 캐서 잘근잘근 씹어 먹고, 봄이면 들판에 지천인 삘기를 뽑아 먹고 고사리를 꺾거나 달래를 캐고 찔레 순을 꺾어 먹기도 했다. 파릇파릇한 양하도 잎과 대를 다양하게 먹었다. 고구마와 감자만이라도 배불리 먹을 수 있었으면 다행이던 시절이었으니 주변에서 나는 풀들이나 바닷속 해산물, 해초도 귀한 먹을거리였다.

그중 양하는 봄이면 땅속에서 올라오는 어린 순을 따서 메밀가루를 흩어서 국으로 끓여 먹고, 연한 잎으로는 데쳐서 나물로 무쳐 먹기도 했다. 가을이면 땅속줄기에서 올라온 꽃대를 데쳐서 나물로 먹거나 장아찌를 담가 먹었다. 독특한 향으로 처음 먹어본 사람들은 호불호가 갈리지만 제주 사람들이 즐겨 먹어서 추석 차례상이나 가을 제사상에 늙은 호박 무침과 함께 양하 무침을 올렸다. 나도 어렸을 때는 봄에 어린 양하 순으로 만든 걸쭉한 국은 먹었지만, 가을에 땅속에서 올라오는 꽃대로 만든 나물이나 장아찌는 향이 너무 강하고 질겨서 거부감이 있었다.

하지만 몸이 아픈 후에 다양한 식재료를 공부하다가 양하가 입맛도 살려주고 유익한 성분과 병을 다스리는 효능이 많다는 것을 알았다. 예로부터 약재로도 널리 써 왔다는 것을 알고는 그동안의 무지를 탓하기도 했다.

친정집 우영팟 울타리 주변에 양하가 있어서 가을이면 보라색 양하 꽃대를 캐서 조리해 먹는다. 다소 질긴 식감 때문에 아이들은 아직 즐기는 단계까지 못 갔지만 나처럼 나이 들면 어른의 맛을 찾을 수도 있겠지.

양용진 제주향토음식 전문가의 《제주식탁》을 보면 "양하는 뿌리 윗부분에서 흙을 뚫고 나와 지표면과 맞닿은 위치에서 꽃을 피운다. 세상 가장 낮은 곳에서 자신의 모습을 숨기고 있는 양하는 세파에 물들지 않고 초야에 묻혀 사는 은자의 모습이며, 그늘진 곳에서 묵묵히 자신의 향기를 만들어 나가는 민초의 모습"이라고 예찬해 놓았다.

가슴 아픈 일을 겪은 제주 사람들은 묵묵히 자신의 향기를 만들어 나가는 민초의 모습으로, 어른의 맛으로 양하 꽃대를 즐겨 먹고 있던 것은 아닐까.

잠이 오지 않는 밤에 만드는 심야김치

"애기엄마, 쪽파 사가요. 낮에 뽑아온 거라 싱싱해. 양념 만들어 바로 버무리기만 하면 돼."

"죄송해요, 돈을 안 갖고 나왔어요."

저녁 식사를 하고 남편과 산책을 할 요량이었다. 동네를 걷다가 무심코 그녀와 눈이 마주쳐 버렸다. 왜소한 체격에 등이 굽은 그녀는 환한 마트 불빛과 가로등 불빛을 받으며 쪼그리고 앉아 쪽파를 다듬고 있었다. 한눈에도 나이 들어 보이는, 쪼글거리는 손과 주름진 얼굴에 친정어머니가 겹쳐 보였다. 앞 좌판에는 방금 다듬었는지 하얀 뿌리를 내놓은 쪽파가 기세등등하게 가지런히 쌓여 있었다. 따로 지갑을 가져 나오지 않아 처음에는 지나쳐 걸었다. 걸으면서 남편에게 혹시 현금 갖고 온 게 있는지 물었고, 근처 현금 인출기에서 찾아줄 수 있다고 했다. 남편과 나는 의미심장하게 눈을 맞추고 되돌아갔다. 둘 다 쪽파를 사주지 못한 게 마음에 걸려서였다. 다행히 할머니는 좌판을 그대로 지키고 있었고, 나에게 남은 쪽파를 팔고는 일바지를 털면서 환한 얼굴로 일어나셨다. 깐 쪽파는 싱싱해서 바로 씻고 양념을 만들어 버무려서 김치를 담았다.

주말 양가 일손을 돕고 나서 돌아올 때면 손에는 으레 밭에서 나는 쪽파와 부추, 배추 등의 채소가 들려있을 때가 많았다. 연로하신 부모님이 정성스레 키운 자식과도 같은 작물들이라는 것을 알기 때문에 마다하지 않았다. 주는 대로 두 손 가득 들고 왔다. 하지만 수고로움 없이 입으로 거저 들어오는 것도 없는 법. 도착하자마자 씻는 둥 마는 둥 하고 얻어 온 채소들을 다듬고 손질해야 했다. 안 그러면 어렵게 키워서 건네준 부모님의 정성에도 불구하고 채소들은 냉장고 안에서 시들어만 갔고 결국에는 쓰레기통으로 버려야 했다.

다른 사람도 아니고 양가 어른들이 직접 키운 농산물을 썩게 혹은 먹지 못하게 두는 것에 미안함을 넘어 죄책감을 느꼈다. 주말에 직접 노동을 하면서 작물의 성장 과정을 보니 키우는 농부의 정성도 갸륵하지만 흙과 햇볕, 바람과 비 등 자연의 협조 없이는 수확을 기대할 수도 없는 노릇이었다. 그런 연유로 채소들을 얻어오면 즉시 손질해서 보관해 두려고 다듬는 수고로움을 묵묵히 해오고 있다.

물론 아이들이 어릴 때는 가져와도 같이 재우다 잠이 들어 손질할 시간이 모자랐다. 궁여지책으로 흙이 묻어 있는 채로 얻어온 채소들을 그대로 주변 지인들에게 나눔하곤 했다. 아이들을 빨리 재운 날은 다시 주방으로 나와 손질해서 반찬과 김치로 만들었다. 그러다 보면 이내 한밤중이 되어버렸다.

얻어 온 채소 중에서도 쪽파와 부추는 소금에 절이지 않아도 되어 자주 김치를 담갔다. 깨끗이 다듬는 것이 귀찮은 작업이었지만 반복적인 단순노동을 하다 보면 근심 걱정이 사라졌다. 신문지를 식탁에 깔고 그 위에서 다듬다 보면 아이들도 와서 호기심에 한주먹만큼은 곧잘 다듬어 주었다. 남편이 있을 때는 도움을 요청했다. 물론 순순히 하지는 않았다. "나만 먹지 않는다는 거 알지?" 하고 외쳐야 했다.

다듬는 시간이 있으니 이때 찹쌀풀이나 멸치다시 육수를 끓여줘도 좋겠다. 끓인 후 가만히 식혀두었다. 어린 쪽파일수록 몇 시간째 꼼짝 않고 전투적으로 다듬어야 했다. 다듬기가 끝나면 물에 몇 번 헹구고 물기가 떨어지도록 채반이나 바구니에 담아놓는다. 그런 다음 식혀 둔 육수와 찹쌀풀에 고춧가루를 풀고 기호에 따라 멸치액젓과 까나리액젓을 넣으면서 간을 본다. 달달한 게 필요하다면 양파와 배를 갈아 넣으면 보기에도 빨간 양념이 완성된다. 마지막으로 씻은 쪽파와 부추에 양념을 붓고 버무려주면 김치가 완성됐다. 쪽파와 부추는 기본적으로 알싸한 맛이 있어서 굳이 마늘을 넣지 않아도, 젓갈양념으로만 버무려도 익을수록 깊은 맛이 났다.

친정부모님은 노지귤 재배와 함께 보리와 녹두, 참깨, 조, 콩, 마늘 농사를 번갈아 가면서 조금씩 지었다. 겨울의 초입에는 노지귤 수확으로 바쁘셨다. 귤 수확이 마무리되는 1월과 2월은 쉴 만했지만 언제부터인가 여름에 심은 쪽파를 다듬어서 내다 파셨다. 밭에서 쪽파를 뽑아 온 후 창고에 쪼그리고 앉아 일일이 다듬고 무게를 달아서 끈으로 묶어 열 단씩 박스에 넣고 포장했다. 이 시기에 가끔 부모님을 뵈러 늦은 시간에라도 들리면 부모님은 밤잠을 줄이면서 쪽파 다듬는 작업을 하셨다. 아버지가 돌아가신 후에도 어머니는 혼자 쪽파 다듬는 일을 올봄까지 하셨다. 형제들이 만류해도 소용이 없었다. 혼자 기나긴 밤을 방에 누워 지새는 것보다 손으로 뭐라도 하고 있으면 마음이 안정된다고 하셨다. 평생 일을 해야만 했던 처지였으니 한가롭게 몸을 누이거나 가만히 앉아있는 것을 받아들이기 불편해하셨다.

그만하시라 말리러 갔다가 말동무가 되어드리며 같이 다듬어 드리고 돌아왔다. 몇 시간만 도와드린 것인데도 돌아오는 길에 허리며 어깨, 고개가 찌뿌둥하고 아팠다. 부동의 자세로 쪼그리고 앉아 손만 움직여야 하니 고달픈 작업이었다. 하지만 이번 겨울부터는 쪽파 다듬기 작업을 하지 못하게 됐다. 어머니의 무릎연골이 닳아서 걷지 못하는 지경까지 갔기 때문이다. 결국 무릎 연골 수술을 받으셔야 했다. 수술 후 누구보다 재활운동을 열심히 받으셨지만 당분간 쪼그려 앉아서 하는 농사나 노동은 금하라는 의사의 지시를 따르기로 했다.

엄마의 우영팟에는 여름에 심어놓은 쪽파가 싱싱하게 커가고 있다. 과연 파릇파릇한 쪽파의 유혹을 친정어머니는 봄이 오는 내내 참을 수 있을까. 혹여나 어머니가 유혹을 참아내지 못하고 쪼그리고 앉아 작업을 할까 봐 우영팟 감귤을 수확하러 갈 때면 어머니의 허락을 받고 한 포대씩 쪽파를 뽑아와 버렸다. 갖고 온 쪽파를 다듬다 보면 다시 한밤중이 되어버렸지만 그냥 누워 잠들 수는 없었다. 그런 날에는 잠이 안 왔다. 다듬은 쪽파나 부추가 자꾸 마음에 걸렸다. 씻어서 물기가 다 마르기도 전에 김치를 담았다. 만든 김치를 어머니께 갖다 드리니 싱싱한 채로 잘 담았다고 좋아하셨다.

별다른 반찬이 없고 시간이 없는 날은 갓 지은 밥에 쪽파김치나 부추김치를 집어 올려놔서 먹기만 해도 든든했다. 조미김이나 생김이 있으면 싸 먹어도 좋았다. 그런 까

닭에 아이들 등원 준비에 시간을 쏟아야 해서 도시락 반찬을 따로 할 시간이 부족했던 시절에도 소박한 점심 도시락 반찬이 되어 주었다. 코로나가 오기 전, 직원들끼리 모여서 도시락을 펼쳐 먹을 때면 내가 만든 쪽파김치와 부추김치는 순식간에 사라질 만큼 인기가 높았다고 말하면 지나친 자랑질로 보이려나. 그래도 좋다. 내가 자랑할 만한 것 중 으뜸은 집밥 짓는 열정과 손맛일 테니.

새우장과 게장 만들다 헤진 남편의 손가락

"아빠 손이 왜 이래?"

"게 손질하다 집게에 물렸어."

"저번에 새우 손질하다가는 껍질 벗겨졌었는데, 안 되겠네."

"다음부터는 새우장과 게장을 사다 먹는 것으로 해야겠다. 아빠 손가락을 상하게 하면서까지 먹고 싶지는 않아."

아빠 손을 보고는 부엌에서 호들갑을 떠는 아이들. 누가 들으면 엄청 효심 가득한 자식들인 줄 알겠다. 하지만 제철이 되면 아빠에게 새우장을, 간장게장을 먹고 싶다고 외치는 사람은 바로 아이들이었다. 정말 간절하다는 눈빛을 남편에게 보내면서 말이다. 그러면 남편은 군말 없이 장을 봐서 왔다. 남편을 닮아서인지 아이들은 회나 해산물을 너무나 좋아했다. 성산읍 신양리 해녀 출신 시어머니가 지인들에게 문어며 소라, 성게알 등을 자주 사서 가져왔고 어렸을 때부터 먹었던 경험 때문인지 나를 제외한 세 명은 회나 해산물을 준다면 자다가도 벌떡 일어났다.

그에 비해 나는 중산간 마을에서 자라나 해산물을 많이 접해보지 못했다. 잘해야 생선조림이나 자리물회를 먹었다. 자리물회도 그냥 뼈째로는 먹지 못하고 친정어머니가 칼로 엄청 다져 넣어서 만들어줬던 방식의 것만 먹는다.

그나마 여름이면 바닷가 바위에 지천으로 있었던 보말(고둥)을 주워와 삶아서 죽을 쑤거나 볶아먹는 정도였다.

하지만 신기하게도 아이들은 예외였다. 임신 기간 회를 입에 댄 적도 없었건만 아이들은 물고기들을 좋아했고, 두 돌이 지나자 회를 입에 갖다 대는 것이 아닌가. 얇게 썬 회를 야무지게 먹는 아이들을 보며 날로 먹는 것이 걱정됐지만 남편과 시어머니는 흐뭇해하셨다. 하루는 지인들과 샤브샤브 식당에 가서 밥을 먹는데 얇게 썬 고기를 회로 착각한 나머지 입에 바로 넣으려 해서 기겁했던 적도 있었다. 육수에 익혀서 주려고 하니 싫다며 울고불고해서 달래느라 진땀을 뺐다. 아이들이 물고기를 먹는 것뿐만 아니라 키우는 것까지 좋아했다면 믿으려나. 횟집 앞 수족관을 만나면 물고기들과 헤어지기 싫어 한참 동안 애틋한 표정으로 지켜보는 아이들을 위해 할 수 없이 작은 수조와 물고기를 집에 들였고 이사 오기 전까지 키웠다.

결혼 전까지 멍게가 어떻게 생겼는지, 성게 알을 어떻게 꺼내 먹는지도 몰랐다. 심지어 손으로 만지는 것도 내켜 하지 않았다. 해산물의 비린내도 싫었거니와 물컹거리는 느낌이 손에 와 닿는 것도 싫었다. 그래서 일찌감치 생선류와 해산물 손질은 남편의 차지가 되었다. 남편이 깨끗이 손질해 준 다음에야 요리할 수 있었다. 조림이나 탕류, 물회류 등을 어머니나 시어머니가 해주던 방식으로 만들 수는 있지만 손질하는 것은 아직도 엄두를 못 내고 있다.

그럼 남편과 떨어져 지낸 기간에는 어땠냐고 궁금할 수 있겠다. 아이들이 회가 먹고 싶다면 일식집으로, 새우장이나 게장이 먹고 싶다면 평소 가던 전문점으로 데리고 갔다. 그러다가 마트에서 깨끗이 손질해서 파는 것을 구할 수 있으면 가끔 만들었지만 기왕이면 남편이 내려오는 주말에 먹는 것으로 정해 놓았다. 아이들도 익숙해져 회나 해산물을 먹고 싶다는 말은 아빠에게 했다. 남편은 아이들이 회가 먹고 싶다면 횟감을 사다가 직접 떠서 내놓았다. 나는 횟감에서 나온 대가리나 뼈 등을 가지고 시원한 지리탕을 끓였다. 마찬가지로 아이들이 새우장이나 게장이 먹고 싶다면 남편은 새우와 게를 사다가 직접 손질을 해야 직성이 풀렸다. 새우는 소금을 뿌리고 잘 씻어주고, 머리에 달린 뿔과 다리, 수염 등을 제거해준다. 이쑤시개로 두 번째 마디 쪽을 찔러서 등쪽에 있는 내장을 꺼내준다. 몸통 부분의 껍질은 기호에 따라서 까줘도 되고 나중에 먹을 때 까도 된다. 까서 담그면 꺼내서 먹을 때 훨씬 편하다. 손질된 새우를 소주를 뿌리고 채망 등에 넣고 물기를 빼준다.

손질하는 시간이 꽤 오래 걸리니 남편의 손은 쭈글쭈글해졌고, 습진이 있던 부위는 피부가 벗겨지기도 했다. 생물 꽃게를 손질할 때는 장갑을 꼈어도 집게에 물리기를 여러 번 했다. 하지만 다행히도 횟감을 뜨거나 해산물을 손질할 때면 옆에서 "멋지다"를 연발하는 아이들과 나의 시선 때문인지 매번 끝까지 잘 해냈다.

새우장이나 게장을 담그려면 육수를 만들어야 한다. 남편이 개수대에 서서 새우와 생물 꽃게를 손질하는 사이 양파와 대파, 멸치와 다시마, 편으로 썬 생강과 통후추 등을 찬물에 10분 정도 우려주다가 끓인다. 육수가 우려졌다 싶으면 다시마, 멸치, 양파와 대파 등은 건져낸다. 만든 육수에 간장과 설탕, 청주나 맛술을 넣고 설탕을 넣어 바글바글 끓인다. 불을 끄고 완전히 식을 때를 기다린다. 그 사이 고명으로 청양고추와 홍고추는 어슷썰기하고 통마늘과 생강을 편썰기한다. 레몬이 있다면 슬라이스를 해준다. 소독한 통에 손질한 새우나 게를 깔고 고명들을 올려 준 후 그 위로 식혀둔 장물을 붓는다. 뚜껑을 닫고 냉장고에서 하루나 이틀 숙성 후 꺼내서 덜어 먹는다. 냉장 보관해도 이왕이면 열흘을 넘기지 않고 먹어야 상하지 않으니 주의해야 한다.

내년에도 변함없이 아이들은 삼치철에는 삼치회를, 방어철이면 방어회를, 새우장을, 게장을 먹고 싶다고 아빠를 간절하게 바라볼 것이다. 그러면 남편은 주저하지 않고 횟감을 사 와서는 숫돌에서 칼을 갈면서 회를 떠 줄 것이고 새우와 게를 손질해 줄 것이다. 그럴 때는 남편이 전생에 배를 타고 다니던 바다의 사나이, 즉 뱃사람이 아니었을까 하고 혼자 상상해 본다. 남편이 상상의 나래 속에서는 하늘의 별자리를 보고 바람(계절풍)을 느끼며 거침없이 항해하고 해상무역을 주름잡았던 탐라국 시대의 뱃사람이 된다.

내 몸을 다 내주마, 전복의 희생

"엄마, 아빠. 나 요즘 시험 기간이라서 그런지 입맛이 없네."

"그래? 기다려봐. 입맛 살려줄 특별식을 해줄게."

큰아이의 말이 떨어지기가 무섭게 남편이 장을 보러 다녀왔다. 그의 손에는 전복이 여러 개 들려있었다. 깨끗한 솔을 건네주자, 콧노래를 부르며 개수대 앞에 서서 전복을 손질하기 시작했다. 시커먼 색깔이 벗겨지도록 솔로 박박 문질렀다. 그런 다음, 숟가락을 이용하여 전복을 껍데기에서 분리해 냈다. 몇 개는 적당한 두께로 썰어 회 좋아하는 아이들을 위해 접시에 담아내 줬다. 아이들은 초장이나 고추냉이 간장에 찍어 먹었다. 순식간에 사라졌다. '게눈 감추듯'이라는 표현을 실감했다.

다음 코스는 전복 버터볶음이다. 버터를 바른 프라이팬에 편마늘이나 간마늘을 넣고 볶다가 썰어 놓은 전복살을 넣고 짧게 볶아주면 된다. 고명으로 쪽파나 양파, 대파, 부추를 자잘하게 썰어 뿌리면 고소한 전복버터볶음이 완성됐다. 이번에도 아이들은 탄성을 질렀다. 아이들의 반찬으로도 훌륭했지만 어른들의 술안주로도 손색이 없었다. 하지만 주의할 것은 식으면 버터가 응고되면서 뭉쳐져 비주얼이 썩 좋지 않으니 되도록 따뜻할 때 먹길 바란다.

전복을 손질해서 회로 썰어주거나 버터볶음을 해주다 보면 내장이 남겨졌다. 남겨진 내장으로는 볶음밥이나 죽을 만들면 된다. 떼어 낸 내장에서 모래집을 제거하고 흐르는 물에 잘 씻는다. 손질한 내장과 남은 전복살을 마늘과 함께 기름에 볶다가 밥을 넣어주면 되는데 이때 기름 대신 버터로 볶다가 밥을 넣고 같이 볶아도 맛있다. 기호에 따라 간을 맞출 때 소금 대신 굴소스를 약간만 넣어도 좋다. 마지막 단계에서 쫑쫑 썬 쪽파나 부추를 밥 위에 뿌려주면 어느덧 입안에 침샘이 가득해진다.

전복죽을 만들 때도 전복살과 함께 내장을 넣고 참기름에 볶다가 쌀을 넣고 함께 볶아준다. 거기에 물을 기호에 맞게 넣고 끓이면 먹음직하면서도 영양가 만점의 전복죽이 된다. 적은 양의 전복으로도 가족들에게 맛과 좋은 영양을 동시에 줄 수 있었으니, 아이들이 어렸을 때 여러 번 해주었다.

전복은 바다로 둘러싸인 제주에서도 고급 식재료였다. 양식에 성공하기 전까지는 말이다. 실제로 조선시대에는 제주의 진상품 중에 전복을 최고로 쳤다고 했다. 전복은 비타민과 미네랄이 풍부하다. 내장은 아미노산까지 풍부해서 원기 회복과 어린아이들의 성장 발육에도 도움이 된다고 했다. 그러므로 내장을 절대로 버리면 안 된다. 내장은 대개 짙은 녹색을 띤다.

손질한 내장에 소금을 뿌리고 발효시키면 게우젓이 된다. 먹을 때 다진 마늘과 풋고추나 매운 고추를 썰어 놓거나 갖은양념을 해서 먹는다. 전복의 내장을 삭힌 젓갈이라 감칠맛과 풍미가 좋다. 그리고 전복도 장을 만들 수 있다. 전복을 손질해 적당한 두께로 썰어 놓고 새우장이나 간장게장을 담듯이 장물을 끓여 부어놓기만 하면 된다. 이렇게 써놓고 보니 전복으로 요리할 수 있는 가지 수가 적어도 여섯 가지가 되는 듯하다.

거기에 하나 더, 껍데기도 가급적 버리지 않기를 권한다. 전복 껍데기의 쓰임새는 다양하다. 한의학에서는 가루로 만들거나 환으로 빚어서 먹거나 차처럼 물에 끓여 마시면 눈 건강에도 좋고 여러 가지로 이롭다고 한다. 자개농도 전복 껍데기로 만든다. 껍질 안쪽의 무지갯빛으로 빛나는 부분을 가공하고 정교하게 오려 붙여서 아름다운 자개농을 만들었다고 하니 전복은 뭐 하나 버릴 데가 없다. 그렇다고 내가 껍데기로 차를 마시거나 공예작품을 만들 자신은 없다.

식물에 양보했다. 집에서 키우는 반려식물들의 화분에

이불처럼 포개서 덮어주었다. 그랬더니 물을 준 후에 겉흙이 바로 마르지 않아 수분을 머금어주는 역할을 했다. 물을 주면서 껍데기의 좋은 성분들이 식물들에도 전달이 될 것이라는 흐뭇한 시선으로 바라보게 됐다. 물론 남편은 이런 모습을 보며 쓰레기를 안고 산다고, 정색하고 싫어했지만 말이다.

맛과 영양이 뛰어난 전복으로 요리를 하면 잃어버린 아이들의 입맛도 돌아오게 할 명품 요리가 됐지만 하는 방법은 다른 집밥에 비해 비교적 간단했다. 언제 장을 봐서 손질하고 만들어 먹냐고, 힘들다고 말하는 지인들을 만나면 집밥 애호가로서 조용히 한 가지씩만 시작해 보길 권한다. 날것으로의 전복 식감을 좋아한다면 회로, 버터볶음을 만들어 아이들에게는 반찬으로, 어른들은 술안주로 먹어보자. 아이나 어른 모두 입맛이 없다거나 기력이 부족하다면 죽으로 먹어도 좋겠다.

양식에 성공했다고는 하나 제주뿐만 아니라 우리나라 바다의 생태계가 심상치 않으니 남김없이 내어주는 전복과 소라 등 해산물의 희생을 맛볼 시간이 우리에게는 충분하지 않아 보인다. 자본과 개발의 논리로 망쳐놓은 제주의 생태계나 환경을 후손들이 과연 어떻게 바라볼까. 좁은 섬에 차가 뒤엉키고 곳곳에 넘쳐나는 쓰레기들만 봐도 '정말 너무하다' 싶을 때가 많다. 여기에 터를 잡고 살 작정이 아니라면, 제주를 아낀다면 제발 덜 찾아와 달라고 쫓아다니며 빌고 싶은 심정이다.

다양한 수제차로 다정함을 만들어요

남편과 지지고 볶으면서 다툴 때가 많지만 의기투합할 때도 있다. 과일주를 담글 때와 청과 차를 만들 때이다. 하지만 과일주나 청을 만들 때는 잘 도와주다가도 차를 담그려면 어디론가 사라졌다. 과일주나 청 만들기는 손질해서 씻고 물기를 뺀 다음 과일주용 술이나 설탕에 담아놓으면 되는 비교적 쉬운 작업이지만 차로 만들려면 편썰기나 채썰기를 해야 하는 쉬이 할 수 없는 나름의 고된 작업이 기다리고 있어서다. 손질해서 씻기는 어찌어찌 함께했다가도 썰어야 하는 단계에 돌입하면 슬그머니 내뺄 준비를 했다.

봄이면 레몬으로, 여름이면 도라지, 가을이 되면 모과와 유자로 겨울이면 생강과 댕유자로 차를 만들었다. 만들기는 비교적 간단하다. 씻은 후 주재료들을 원하는 모양대로 썰어주면 된다. 채썰기도 좋고 원형으로 잘라주어도 좋다. 아무래도 채를 썰면 설탕이나 꿀에 버무리기가 쉽고 살균한 병이나 통에 담기도 쉬웠다. 먼저 연장으로 가볍고 잘 드는 칼과 도마를 준비한다. 썰기를 한 후 버무릴 큰 볼도 준비한다. 모과 등 주재료와 설탕이나 꿀, 소독한 병이나 통도 준비한다.

모과 등의 주재료는 미리 세제나 베이킹소다, 식초 탄

물에 담가서 혹시나 남아있을 농약을 제거해 준다. 여기서 주의할 점은 모과는 겉면에 미끌미끌 한 것이 남아있을 수 있는데 모과피에서 나오는 천연 기름이니 그냥 두면 된다. 그런 다음 흐르는 물에 씻고 물기를 닦아준다. 물기가 없다면 썰어준다. 채썰기나 얇게 저미듯이 썰어도 된다. 준비한 주재료의 양이 많을수록 이 과정이 다소 힘들다. 그래서 혼자 막걸리나 맥주를 마시며 음주썰기를 할 때도 있었음을 고백한다. 좀 더 발전적인 방향으로 선택한 것은 유튜브 영상을 보면서 써는 것이다. 하지만 재밌는 영상을 볼 때면 칼질도 자연스레 멈추게 되는 부작용이 뒤따랐다. 반복적인 칼질의 노동을 버티려 이것저것 해보니, 좋아하는 노래를 듣거나 라디오 앱을 틀어놓고 들으며 칼질을 하는 방법이 제일 안전했고 능률이 높았다.

다 썰었으면 볼이나 통에 넣고 설탕이나 꿀로 버무리는 단계로 넘어간다. 청을 만드는 게 아니니 일대일로 할 필요가 없다. 기호에 따라서 설탕과 꿀을 넣자. 골고루 버무리기가 끝났다면 소독한 병이나 통에 담고 뚜껑을 잘 닫아준다. 이때 한지나 종이호일을 잘라서 덮고 뚜껑을 덮어주면 밀폐력이 올라가는 동시에 발효되면서 가스가 차는 것도 막아준다고 했다. 차를 담은 병이나 통은 보통 그늘지고 서늘한 곳에 보관해 두면 좋지만 오래 두고 먹길 원한다면 며칠 후 다시 냉장고로 들여보내자.

특히 레몬차의 경우에는 상온에 오래 보관해 두면 발효가 빨리 되어 톡 쏘는 술이 되어버린다. 모과나 유자차도 상온에 오래 두게 되면 색깔까지 어둡게 변해 아이들의 경우 마시기를 거부하기도 한다. 레몬차는 냉장고에 만들어 두었다가 여름에 탄산수와 얼음을 넣으면 아이들이 환호하는 에이드 음료가 된다. 모과차, 유자차, 생강차, 도라지차는 목과 기관지 건강에 모두 좋다. 병원 가기를 질색하는 십대 아이들도 감기 기운이 있다 싶으면 차를 달라고 한다. 끓인 물로 타주는 것이 아닌 냄비나 주전자에 차와 물을 담아 팔팔 끓여서 컵에 내주어 호호 불면서 마시게 하면 효과가 있다.

이것도 친정어머니가 했던 방법을 따라했다. 칠남매를 키웠으니 철마다 돌아가면서 감기에 자주 걸렸다. 한 명이 걸리면 다른 형제들에게도 자연히 옮겨갔다. 며칠 지켜보면서 심해진다 싶으면 시내나 읍내의 병원으로 달려갔지만 초반에 가벼운 감기다 싶으면 어머니는 댕유자차로 식이요법을 해주셨다. 제주의 집집마다 한그루씩 있었던 댕유자나무는 비상 약국인 셈이었다. 레몬보다 비타민C가 4

배 더 많아 기관지 건강에 좋고 감기예방 및 치료에 좋다고 했다. 이 밖에도 피로 회복과 숙취 해소에도 좋다고 해서 술과 담배를 자주 했던 아버지를 위해서도 매년 상비약처럼 만들어 놓았다. 아버지는 평소에도 댕유자차를 즐겼지만 과음한 다음 날 아침에 더 찾으셨다. 꿀물 대신에 끓인 후 식혀 둔 댕유자차를 주전자째 벌컥벌컥 마시던 친정아버지가 눈에 선하다.

감기에 걸릴 때마다 큰 주전에 댕유자차를 덜어 담고 배와 대추 등을 넣고 푹 달여서 국물로만 걸러 큰 대접에 담아주셨다. 그러면 꼼짝없이 어머니가 보는 앞에서 호호 불어가면서 한 방울 남기지 않고 마셔야 했다. 큰 대접에 들어있는 뜨거운 차를 불어가면서 한 사발 다 마시고 나면 신기하게도 땀이 나기 시작했다. 어머니는 마른 수건으로 이마와 몸에 땀을 대충 닦아 주시고는 이불을 덮어주며 한숨 푹 자라고 했다. 어머니 말대로 다음날 일어나 보면 몸이 개운해져 있고 기운을 차릴 수 있었다. 물론 아팠다 하면 어머니가 만들어 주는 고깃국이나 참기름을 넣고 밥솥의 증기로 만든 달걀찜까지 먹었으니 더할 나위 없었다. 이런 추억이 있어서 그랬는지 새 생명을 잉태해서 어김없이 입덧이 찾아오면 친정집의 설익어 시디 신 댕유자를 잘라서 레몬처럼 입에 물고 있었다. 그러면 헛구역질도 덜한 것 같았고 무엇보다 마음이 안정되어 버틸 수가 있었다.

요즘에는 댕유자나무를 많이 볼 수 없다. 다행히도 친정집에는 아직도 댕유자나무가 두 그루나 건재하다. 하지만 고령인 나무들이라 해걸이가 유독 심해서 많은 열매를 맺지 못하고 있을 뿐이다. 지금 사는 동네 골목 어귀에도 작은 단층집 마당에 댕유자나무가 서 있다. 반가운 마음에 오래도록 다정한 시선으로 쳐다볼 때가 많다. 눈이 오는 날에는 하얀 눈과 어우러져 댕유자가 더욱 노랗게 보이는 것은 나만의 착각인가.

어렵지만 귀한 가족 식사 자리

소통의 자리, 갈등의 현장?

요즘같이 바쁜 세상에 가족들이 한자리에 모여 함께 식사하는 것은 식구들의 노력과 정성 없이는 힘든 일이다. 먹을거리를 장만하는 일도 어렵지만 한자리에 모여 밥을 먹는 것, 그 자체가 바쁜 일상에서 기대하기 어려울 수 있으니 말이다. 각자 일어나서 출근하거나 등교하기 바빠서 아침을 같이 먹기는커녕 식사 자체를 상상할 수도 없다는 경우도 많이 봤다. 그렇다면 저녁 식사는 어떤가? 저녁은 저녁대로 각자 일정이 있어서 식탁에 모여 식사를 하는 것이 어렵다. 주말이라도 같이 모여야 하는데 주말은 주말대로 집에 같이 머무는 경우도 드물다. 특히 사춘기가 되어 또래 친구들과 어울리는 시간이 늘어나고 밖으로 나가고 싶어 하는 자녀들을 주말에는 붙잡기 어렵다.

가족과 소통하기 원한다면, 소통하는 가족이 되고 싶다면, 어렵겠지만 가족 식탁의 자리를 활용해 보라고 권하고 싶다. 가장 손쉬운 방법이면서 어쩌면 가장 어렵고도 위험한 방법이기도 하다. 가장 손쉽다는 것은 하루에 한 끼 정도, 특히 저녁 한 끼를 같이 식사하는 것이다. 주중이 어렵다면 주말이라도 가능한 경우에만 국한된 것이긴 하다. 반면 가장 위험한 방법일 수도 있다. 식탁에는 어찌어찌 모일 수 있겠으나 부모가 대화 도중 취업준비생 자녀나 사춘기 자녀들과 말다툼이 일어나는 상황까지 가기도 하기 때문이다. 주변에 많은 부모와 자녀들이 그런 일들을 겪으며 갈등의 골이 더 깊어졌다. 우리 집도 예외는 아니었다.

큰아이가 초등학교 6학년 때 식탁에서 시작한 사소한 언쟁이 감정싸움이 되었다. 아이가 방으로 들어가 문을 잠그자 흥분한 남편은 문을 부술 기세였다. 상대가 아직 어리고 미성숙한 자녀임에도 불구하고 핏대를 올리며 소리 지르는 남편을 보자 덜컥 겁이 났다. 옆에서 만류하자 흥분을 가라앉히기 힘들었는지 남편이 집을 나갔다.

이렇게 부모들은 관심으로 시작한 대화였겠지만 자녀들과 입장 차이로 대화 도중 부모와 자녀 모두 기분이 상하게 되는 상황이 오기 마련이다. 자녀들은 부모가 쉽게 말하고 일방적으로 대한다고 상처를 받고 점점 입을 다물어 버리기 일쑤다. 부모 또한 자녀들이 부모에게 함부로 한다고, 버릇없이 굴며 무시한다고 상처를 입는다. 그 오해의 중심에는 서로가 한 말들이 있다. 그리고 자녀와 부모가 대화 도중 선을 넘는 것이다.

부모는 자녀들의 행동이나 습관이 마음에 들지 않더라도 지시나 판단, 평가, 비난하는 말들은 가급적 해서는 안 된다. 내 자식이라 할지라도 자아 정체감이 생긴 후라면 생각이나 가치관이 부모와 다를 수 있음을 항상 자각하고 있어야 한다. 그렇게 애지중지하는 내 자녀에게 다른 사람도 아닌 부모가 상처를 가장 많이 줄 수도 있다는 생각을 하면서 조심스럽게 접근해야 한다.

여기까지 읽은 부모라면 억울할 수 있겠다. 자녀가 바람직한 태도로 삶을 살아갔으면 하는 바람에서 부모가 꾸짖고 혼내는 게 무슨 잘못이냐고, 자식이 부모에게 말대꾸하거나 함부로 하는 것은 잘하는 거냐고 묻는다. 물론 자녀도 부모가 하는 말이나 행동이 마음에 들지 않는다고 부모에게 함부로 대하는 것은 잘못이다. 하지만 부모를 무시해서 그러는 것이 아님을 명심하자. 만약 이런 자기 표현을 할 기회가 없다면 나중에 정작 자기주장을 해야 하는 상황에서 어려움을 겪을 수도 있다. 즉 부모에게 순종적이기만 한 자녀가 사회생활을 해야 한다면 제대로 자기주장을 펼칠 수 있을까 생각해보길 당부드린다. 지금 내 자녀가 부모인 나와 자주 부딪히고 말대꾸를 한다면 오히려 흐뭇하게 바라보자. '녀석, 제대로 성장하고 있구나!'라고 생각하면서.

뭣이 중헌디!

고백하건대 우리 가족 식탁에서도 사춘기가 된 아이들과 예상치 못하게 언쟁이 일어나서 곤혹스러울 때가 많았다. 사소한 말 한마디에 아이들의 눈물이 터지기도 했고, 쾅 하고 방문을 닫고 걸어 잠그거나 남편이 그 문을 부술 기세로 두드리는 상황까지 갔다. 하지만 다음 날이면 신기하게도 식탁으로 다시 모였다.

다행히 어릴 때부터 식탁에서 같이 밥을 먹으며 조잘조잘 이야기를 나누던 습관 때문이리라. 간식을 줄 때도 되도록 식탁으로 나와서 얼굴을 마주 보며 먹게 불러 모았고 아이들의 이야기를 들어주었다. 물론 쉽지 않았다. 출근해야 했으므로 시간에 쫓겨 아이들 밥만 차려주고 먹는 둥 마는 둥 하는 경우가 대부분이었다. 저녁에도 퇴근 후 먹을거리를 장만하고 식탁에 앉다 보면 허겁지겁 먹기 급급하기도 했다. 하지만 먹는 속도가 느린, 내 어릴 적 모습을 그대로 컨트롤 씨, 컨트롤 브이 한 것 같은 큰아이를 기다리며(엄밀히 말하면 설거지를 하기 위해서 큰아이의 빈 그릇이 나올 때까지 기다린 것이다) 식탁에 앉아 있었다. 둘째도 그 자리에 남아 이야기를 했고 후식으로 차나 과일을 내서 대화를 나눴다.

그런 일련의 과정이 이제는 가족 규칙이자 의식이 되어 버렸다. 이야기를 듣다가 휴대전화를 잠시 들여다보거나 딴청을 피우면 바로 귀여운 협박이 돌아왔다.

"엄마는 다른 아이들에게는 친절하면서 왜 우리 이야기를 제대로 듣지 않는 거야? 우리도 엄마랑 이야기 나누고 싶어."

아이들에게 이 말을 들으면서 정신이 바짝 들었다. 지역 아이들의 건강한 성장을 돕는다는 사명감으로 이제까지 현장에서 동분서주했다. 하지만 정작 내 아이들을 방치, 방임했던 시간이 많았음을 인정한다. 토요일이나 공휴일에 행사가 있거나 근무를 해야 하는 경우가 많았고 밤이나 새벽에 긴급히 보호가 필요한 청소년들이 발생하면 긴급 상담을 하고 조치를 해야 해서 자다가도 일터로 나가야 했다.

나로서는 열심히 산다고 선택했던 것들인데, 아이들 마음 한구석에 엄마와 같이 보낸 시간이 부족해 마음에 그늘이 져 있을까 봐, 자라면서 바쁜 엄마를 원망할까 봐 염려되기도 했다. 다행히 아이들은 엄마가 일하는 엄마라서 다소 불편한 것들은 있지만 여태까지 나빴던 것은 없다고 했지만 말이다.

하지만 암이 찾아온 후 '뭣이 중헌디!'를 내내 외치고 있다. 몸이 아프고 나서는 우선순위를 정하기가 오히려 쉬웠다. 당연히 나와 아이들을 돌보는 일이 최우선 순위가 되었다. 당시 열 살과 일곱 살이던 아이들을 놔두고 엄마인 나부터 살아야겠다고 외칠 수도 없는 노릇이었다. 아이들 먹을 것을 차려주고 같이 눈 맞추고 이야기를 나누는 것이 가장 중요한 일상이 되었다. 일을 그만두지는 못했지만 일하는 시간 외에는 오롯이 아이들에게 집중하려 했다.

그전에는 남편과 순번을 정해 지인들을 만나 술을 마시거나 차를 마시며 육아의 고달픔과 직장인로서의 애환을 달래기도 했다. 하지만 점차 직장에서는 당직이 아니면 누구보다 먼저 정시에 퇴근하는 사람이 되었고 지인들을 만나는 시간과 모임을 줄였다. 집과 사무실만 주로 왕복하는 생활을 반복했고, 직업인으로서 전문성을 함양하는 일이나 하고 싶던 취미 생활도 나중으로 미뤄두었다. 장을 봐와서 재료들을 손질하고 아이들이 먹을 밥을 짓고, 그 밥을 함께 먹으며 이야기를 나눴던 일상이 아픈 나를 일으켜 세워주는 일이었다.

박산호 작가의 《생각보다 잘 살고 있어》라는 책에서 내 심정과 닮은 문장들을 읽으며 당시의 시간이 떠올라 잠시

먹먹하기도 했다.

"매일의 일이 쌓이고 쌓여 정립된 일상은 한 치 앞을 알 수 없는 세상에서 나를 지켜주는 견고한 성이 된다는 것을 깨달았다. (중략) 누구에게나 넘어진 자신을 일으켜 세워주는 일이 하나씩은 있다. 식구들이 먹을 밥을 짓는 일, 아침마다 이불을 개고 걸레로 방바닥을 박박 닦는 일, 운동화 끈을 묶고 동네 한 바퀴를 달리는 일, 신문의 잉크 향을 맡으며 제일 먼저 눈이 가는 기사 하나를 꼼꼼히 읽는 일, 좋아하는 화초에 물을 주며 아무에게도 보여주지 않는 다정한 얼굴을 보여주는 일."

결과적으로 나와 아이들을 위한 집밥을 하면서 주방에서, 식탁에서 보낸 그때의 시간이 나를 단단하게 만들었다. 그리고 완쾌 판정을 받은 이후부터는 그동안 미뤄두었던 일들을 사부작사부작하고 있다. 그 중 첫 번째 시도가 글쓰기였다.

어릴 때부터 이야기가 좋았고 책이 좋았다. 몸에 이상 신호가 오고 질병이 찾아오자 잊고 있던 글쓰기에 대한 열망이 생겼다. 하지만 정작 글을 어떻게 써야 할지 감이 잡히지 않았고 낙서 수준으로 끄적거리기만 했다. 그래도 아이들 책을 주문하면서 내가 읽을 책도 사며 꾸준히 읽으려 했다.

완쾌 후에는 제일 먼저 글쓰기 모임을 찾아 나섰다. 그러다 만난 것이 〈제주, 그녀들의 글수다〉 모임이었다. 한국의 '오드리 헵번'을 꿈꾸는 김재용 작가님과 꿈 친구인 글동무들(평범한 기적 강민정, 행복한 니콜 이희선)을 만났다. 다른 듯 서로 닮은 그녀들과 글로 마음을 나누다 보니 삶의 충만감이 그 어느 때보다 높아졌다. 당시 수업에서 보물 지도와 꿈 지도를 만들었는데 3년 안에 '작가 되기'를 적었다.

두 번째는 내 삶의 터전인 제주에 대해서 깊게 알아가는 것이었다. 그동안 제주는 태어나고 자란 곳이라 익숙했지만 바쁘다는 핑계로 깊고 자세하게 들여다보지 못했다. 하지만 주변 이주민들과 교류하면서 이들에게 제주를 제대로 알려주기 위해서는 공부가 필요했다. 그래서 도서관이나 책방을 찾아다니며 제주어나 역사, 문화, 음식, 인물 등을 조금씩 배우고 있다.

세 번째로는 미뤄두었던 직업인으로서의 전문성을 함양하는 것이다. 이것도 서서히 준비하고 있다.

이 모든 나의 시도에는 집밥을 하면서 보낸 시간이 자양분이 되었다. 집밥 하는 마음으로, 집밥 하는 사람으로 지낸 시간이 주변과 세상을 향한 시각을 조금 더 깊게 만들었다면 자기애가 강한 사람으로 보일까. 분명 그 시간이 지금의 나로 성장하게 했다. 물론 곁에서 다투면서도 이 모든 걸 견뎌준 남편과 두 아이가 있었으니 성장의 기쁨도 두 배로 컸다.

그리고 바쁜 농사일이며 집안일에도 항상 식구들의 밥상을 준비했던 어머니의 모습을 떠올리면 가슴 한구석이 뜨거워졌고 삶을 살아갈 힘이 샘솟곤 했다. 어머니는 한평생 식구들의 아침과 저녁 식사를 위해서 몇 번이나 집밥을 하고 밥상을 차렸을까. 생각만 해도 고개가 절로 숙여졌다. 지친 나를 집밥의 세계에 머물게 해준 스승이자 어머니인 양순옥 씨! 당신의 주름진 얼굴과 거친 손을 사랑하고 존경합니다. 떠나신 아버지 몫까지 건강하게 오래 같이 익어가요, 우리.

나오며

어쨌거나 시작하고 본 집밥

일하는 동시에 두 아이를 키우며, 양가 농사일을 돕는 일, 딸노릇에 며느리노릇까지 어느 하나 쉬운 게 없었다. 유독 고달팠던 날은 아무것도 하기 싫어 '집밖의 밥'을 불러 먹거나 소주잔을 기울이기도 했다. 하지만 습이 쌓인 내 몸은 다음날 새벽이면 반사적으로 주방에 두 다리로 서게 했고, 뭉툭한 손으로는 칼을 찾고 있었다. 나와 아이들의 허기를 채울 소박하지만 따뜻한 한 끼 식사를 위해서 고단한 몸을 일으켜 국이나 찌개를 끓이고, 반찬을 만드는 일은 어느새 몸에 스며들어 있었다.

나 역시도 바쁜 일상에 집밥을 준비하고 만드는 것이 부담스러울 때가 많았지만 이미 집밥의 세계를 접했고, 시작했기에 그 힘으로 집밥 만들어 먹는 일상은 어쨌거나 굴러가고 있다. 심리학에서는 기쁨을 의미하는 희喜와 락樂, 쾌快를 구분한다. 락과 쾌는 순간의 기쁨으로 본다. 반면 희는 어떤 노력을 감수하는 불편함을 통해서 얻는 기쁨으로, 의도적인 감정으로 본다. 그래서 희는 뿌듯함, 성취감, 흐뭇함, 신남 등의 감정과도 연결된다. 기쁨을 맛보려면 어떤 노력을 할 수 있어야 하는, 불편함을 감수해야 한다고 했다. 집밥에 대한 글까지 썼으니 이제는 도망갈 수도 없겠다. 그러니 앞으로도 쭉 집밥 하는 사람으로 재료를 준비하는 노동, 시간과 비용을 들이는 노력을 해나가겠고, 물론 불편함과 번거로움을 겪겠지만 그만큼 기쁨도 함께 맛보겠다는 확신이 들었다.

힘든 시절, 섬에서 나고 자라 모진 세월을 온몸으로 견뎌낸 친정어머니와 시아버지의 눈물겨운 삶에 경의를 표한다. 가족을 잃었던 여섯 살과 아버지를 잃었던 네 살 아이는 이제 주름진 얼굴에 거친 손으로 흙을 만지는 일흔아홉, 일흔일곱이 되셨다. 집밥의 고수이기 이전에 식구들을 위해 무수히 많은 밥상을 차려 낸 양가 어머니께도 다시 한번 감사드린다. 그리고 돌아가신 지 12년이 지났지만 아직도 그리움이 사그라지지 않는 친정아버지. 평생 흙을 만지며 우직하게 살다 가신 발걸음이 헛되지 않게, 자랑스러운 말젯딸(셋째딸)이 될 테니 하늘에서 지켜봐 주세요.

마지막으로 다투면서도 곁에서 견뎌주는 남편과 두 아이에게도 무한한 감사와 사랑을 전한다. 꽃다발이 아닌 배추다발이나 채소다발만 안겨주던 남편이 재료 손질부터 시작하여 주방을 들락날락하고, 특정 메뉴는 나보다 더 자주 맛있게 만들어 주어 고맙다. 무엇보다 내가 만든 집밥을 먹으며 건강하고 밝게 자라준 연과 현아! 너희들이 없었다면 아마 이렇게 오랫동안 집밥 하는 사람으로 살아내지 못했을 수도 있었단다. 바쁜 엄마를 대신해 틈틈이 재료 손질이나 설거지 등 집안일을 도와주어 고맙고, 엄마가 그랬듯이 너희들도 지친 일상에서 집밥을 먹으며 건강을 지키고 살아갈 힘을 얻길 간절히 바란다.

불행은 초대하지 않아도 우리를 찾아오는데, 행복은 초대해도 좀처럼 찾아오지 않는다는 말을 들었다. 행복감은 저절로 느껴지는 감정이 아니라는 것이다. 스스로 만들어야 한다. 소소하게나마 집밥을 만들어, 사랑하는 사람들과 함께 하는 시간이 나에게는 행복을 만들어 갔던 시간이었다고 생각한다.

그리하여 푸른 새벽, 도마 위에서 나는 칼질하는 소리를 들으면 이상하게 마음이 차분해지고 가슴이 따뜻해졌던 어린아이는 집밥을 먹으며, 나이를 먹으며 점점 단단해지고 있다.

내가 좋아하는 것들, 집밥

초판 1쇄 발행 | 2022년 1월 20일

지은이 김경희
펴낸이 이정하
교정교열 정인숙
디자인 소보로

펴낸곳 스토리닷
주소 서울시 서초구 방배동 934-3 203호
전화 010-8936-6618
팩스 0505-116-6618
ISBN 979-11-88613-23-6 (03810)

홈페이지 http://blog.naver.com/storydot
SNS www.facebook.com/storydot12
전자우편 storydot@naver.com
출판등록 2013. 09. 12 제2013-000162

스토리닷은 독자 여러분과 함께합니다.
책에 대한 의견이나 출간에 관심 있으신 분은 언제라도 연락주세요. 반갑게 맞이하겠습니다.